Susan Kreller
Pirasol

PIPER

Zu diesem Buch

Zwei alte Damen leben in der Papierfabrikantenvilla »Pirasol«: Die scheue Gwendolin ist 84 Jahre alt, Witwe und Alleinerbin des Hauses, Thea ist 15 Jahre jünger und verfolgt einen eigenen Plan. Als man den vom Vater verstoßenen und seit drei Jahrzehnten verschollenen Sohn Gwendolins in der Stadt gesehen haben will, versucht Thea, ihren Einfluss zu sichern und vollends das Regiment im Haus zu übernehmen. Für Gwendolin der Auslöser, sich zu erinnern: an eine Berliner Kindheit während der Zeit des Nationalsozialismus, an den Verlust der Eltern und das eigene Überleben, an einen neuen Anfang mit dem despotischen Papierkönig Willem und schließlich an die Verbannung des gemeinsamen Kindes. Am Ende lernt Gwendolin, allen Widrigkeiten etwas entgegenzusetzen – sich selbst.

Susan Kreller, geboren 1977 in Plauen, studierte Germanistik und Anglistik und promovierte über englischsprachige Kinderlyrik. Einer breiteren Öffentlichkeit wurde sie 2012 mit dem Jugendbuch »Elefanten sieht man nicht« bekannt. Sie erhielt unter anderem das Kranichsteiner Jugendliteratur-Stipendium, den Hansjörg-Martin-Preis (2013) sowie den Deutschen Jugendliteraturpreis für »Schneeriese« (2015). Für einen Auszug aus dem Manuskript von »Pirasol« erhielt sie außerdem den GWK-Förderpreis Literatur 2014. Sie arbeitet als Schriftstellerin, Journalistin und Literaturwissenschaftlerin und lebt in Bielefeld.

Susan Kreller

PIRASOL

Roman

PIPER

Mehr über unsere Autoren und Bücher:
www.piper.de

MIX
Papier aus verantwortungsvollen Quellen
FSC® C083411

Ungekürzte Taschenbuchausgabe
ISBN 978-3-492-31411-4
Dezember 2018
© Berlin Verlag in der Piper Verlag GmbH, München 2018
Umschlaggestaltung: zero-media.net, München
Umschlagabbildung: Aardvark_Alamy Stock Foto
Satz: Fotosatz Amann, Memmingen
Gesetzt aus der Celeste
Druck und Bindung: CPI books GmbH, Leck
Printed in the EU

Den Bewohnerinnen und Bewohnern
des Ernst-Barlach-Hauses
in Bielefeld-Sennestadt

Und daß wir aus der Flut
daß wir aus der Löwengrube und dem feurigen Ofen
immer versehrter und immer heiler
stets von neuem
zu uns selbst
entlassen werden

      Hilde Domin

1

Pass auf das Haus auf, sagt sie. Der Junge kommt zurück.

Der Junge, fragt die andere und schluckt, begreift es in der Kehle, wo sonst die Angst sitzt und das Schweigen.

Ja, kaut die, die Thea heißt und Zähne hat wie Schilde. Das ist so sicher wie der Tod, der Junge ist wieder in der Stadt.

Wie der Tod, sagst du?

Wie der Tod.

2

Den Tod hat Gwendolin erkannt, der Tod beginnt sein Leben dann, wenn man vor die Gräber der anderen gerät. Dann geht das Sterben los, ein für alle Mal, und die Falten im Gesicht sind nichts als Friedhofswege, über die man geht, um vor Willems Grab zu stehen. Oder, wenn es das gäbe, vor dem Grab des Sohnes. Was wäre das: ein paar Gräber zu haben, an denen man die, die weggegangen sind und das Sterben bloß vergessen haben, in aller Ruhe aus dem Herz bekommen könnte. Eine kleine, hübsche Sache wäre das.

Dabei hatte das eine Grab vollkommen gereicht, das Grab von Willem, den Gwendolin zum Manne trug bis dass der Tod undsoweiter. Mehr als diese paar Menschbreit Humus hatte es nicht gebraucht, um vor zwei mal sechs Jahren von allen Menschen, die die

Friedhofswege hergaben, ausgerechnet Thea abzukriegen.

Heute könnte sie schwören, dass Thea, kurz und dünn wie ein Halm von Herbstgras, schon eine ganze Weile hinter einer der Birken gelauert hatte. Als Thea dann neben ihr stand und erklärte, dass so ein Grab das beste Hobby sei, ein wahrer Glücksfall für die Stunden nach drei, verschluckte sich Gwendolin an ihrem Pfefferminzbonbon und hustete und würgte alle Sätze entzwei, die sie der Unbekannten hätte sagen können, etwas wie: Jeder Mensch *braucht* ein Hobby, da stimme ich Ihnen gerne zu! Stattdessen stand Gwendolin einfach nur mit hängenden Schultern da und hustete, und die einstweilen noch namenlose Thea murmelte etwas, dann trennten sich beide unentschieden.

Von Willem war zu dieser Zeit keine Rede mehr. Der Tod und das Feuer und der Junge, das alles war weit weg und kümmerte in der Stadt keinen mehr, ausgenommen ein paar Behörden vielleicht und dann noch den Apotheker Böhlich, für den Willem eine Herzangelegenheit gewesen war und den er gern mit den neuesten kardiologischen Erkenntnissen und einem schlechten Witz unter Männern versorgt hatte. Ansonsten interessierte sich keiner mehr für die Sache von damals. Warum auch, denn vergangen ist vergangen, vergangen ist ein Dreck hier und keinen Pfifferling wert.

In der Zeit, als Thea noch zu den Neuen gehörte oberhalb der Friedhofserde, hatten sich die Gräber schon unter Herbstgebinden versteckt, unter zentnerweise stillem Gedenken und dem Geruch der verwitternden Kranzschleifen. *Der Herr hat's gegeben, der Herr hat's genommen,* und wie immer näherte sich Gwendolin dem Grabstein ihres Mannes von hinten, dieser leeren Marmorseite, die nach frischen Namen zu lechzen schien. So oder so, kam es ihr in solchen Momenten in den Sinn, an guten Tagen, und damit war alles gedacht. Sie stand dann einfach nur vor der Rückseite des Steins und ging irgendwann weiter, im großen Bogen um die ganzen aufgefädelten Gräber herum, um bei ihrem Mann zu sein, wie sich das an Orten wie diesem gehörte.

Aber dann kam dieser eine Tag, an dem Gwendolin doch vor der stummen Rückseite stehenblieb und von dem großen Bogen absehen musste, dieser Tag, an dem ihr beinahe ein Brüllen glückte.

An Willems Grab, vor der anderen Seite des Marmors, kniete Thea, die sie seit der ersten Begegnung noch einige Male getroffen hatte. Ausgerechnet Thea kniete dort und tat Dinge, die sie nichts und überhaupt nichts angingen. Die ihr einfach nicht zustanden.

Hören Sie sofort auf, meinen Mann umzugraben!, stieß Gwendolin hervor und spürte, wie ihr der Speichel aus den Mundwinkeln rann und ihr ein kurzes Gefühl von Verlorenheit bescherte. Ich lasse Ihren Mann doch auch in Ruhe, schickte Gwendolin hinterher, durch ihren nicht versiegenden Speichel hindurch. Bitte. Hören Sie auf.

Sie hatte keine Ahnung, ob in Theas Leben überhaupt ein Mann gewesen war oder sonst etwas, das es gegeben und das es nicht weiter als bis auf diesen Friedhof hier geschafft hatte. Auch jetzt war das leider nicht herauszukriegen, denn sie ließ einfach nur ihre Handgabel fallen, stand langsam auf und sah Gwendolin an.

Beruhigen Sie sich, ich wollte nur helfen. Ich habe die Erde ein bisschen locker gemacht, kein Grund, sich so aufzuregen. Hier, schauen Sie, was ich gefunden habe. Das hätte die ganze Zeit auf Ihrem seligen Mann gelegen!

Thea zeigte ihr ein Schokoladenpapier, das sie, während sie es mit der einen Hand hochhielt, mit der anderen triumphierend glättete. *Edelbitter*, stand da, Gold auf Schwarz, und Gwendolin dachte sofort, dass das Papier ausnehmend gut zu der dunklen Friedhofserde passte, es war wie gemacht dafür und tausendmal zu schade, um *nicht* auf seligen Männern zu liegen und stattdessen staubtrockene Herrenschokolade zu verkleiden.

Aber ja, sagte sie zu Thea, doch, sagte sie, Sie haben recht, ich danke Ihnen. Und verzeihen Sie mir. Trotzdem, lassen Sie –

Die andere schien einen Moment zu überlegen, dann balancierte sie am Grab vorbei auf Gwendolin zu und streckte ihr über den Marmor hinweg die grobgestrickte Hand entgegen.

Hartwig, sagte sie allen Ernstes. Thea Hartwig.

Natürlich hätte Gwendolin antworten können, dass das ein halbwegs schöner Name sei, sie aber zum Glück nichts angehe, Thea Hartwig hin oder her. Sie wusste ja selbst nicht, was es war, sie hatte sich das nie erklären können, aber manche Menschen kamen ihr von Anfang an so vor, als hätte sie sie längst aus den Augen verloren, und aus diesen Menschen hielt sie sich dann lieber gleich heraus. Auch bei Thea hatte sie das nach ihrer ersten Begegnung wochenlang geschafft, sie war jedes Mal kurz angebunden gewesen und deutlich auf dem Sprung. Wenn sie kleinen Schrittes davonstürmte, konnte sie oft gut verbergen, dass sie streng genommen nicht das Geringste vorhatte, und auch jetzt, mit der neuen Last von Theas Namen, wollte sie sagen, ich muss los, wollte sie sagen, ich muss gehen, wollte sie sagen, sie sagte:

Sehr angenehm. Gwendolin Suhr.

Gwendolin, ja? Ungewöhnlich in Ihrem Alter.

Mein Vater damals, wissen Sie. Der mochte dieses eine Theaterstück, kennen Sie das? Von –

Das Grab haben Sie mir jetzt hoffentlich verziehen, fuhr Thea dazwischen, mit einer Freundlichkeit, die nicht zu dem ruppigen Schwung passen wollte, mit dem sie sich in den Satz geworfen hatte.

Ach, lassen Sie doch, natürlich habe ich das, lassen

Sie doch, sagte Gwendolin dann, flüsterte aber gerade noch so: Beim nächsten Mal kümmere ich mich wieder selber um das Grab.

Und so war es auch. Gwendolin wühlte wieder persönlich in der Erde und traf später meistens zufällig auf Thea, von der aber keine Gefahr mehr ausging. Sie schien nämlich keineswegs daran zu denken, noch einmal Willems Erde aufzulockern. Woran Thea stattdessen dachte und wovon sie irgendwann auch zu reden anfing, das war etwas viel Größeres, Festeres. Woran Thea dachte, das war Pirasol.

3

Schätzchen, ruft Thea von ihrem Platz am Küchentisch herüber. Ich sage es mal so. Enterbt bedeutet überhaupt nichts, gar nichts, verstehst du? Enterbt ist ein Wort und der Junge ist der Junge. Wenn der wieder da ist, heißt das nur eins: Er will das Haus. Pirasol will er.

Thea spricht es aus wie alle hier im Städtchen und auch wie Gwendolin selbst: Pira*sool*, obwohl sich Hermes Ernesto Pirasol, der deutlich verblichene Namens- und Geldgeber der Villa, in seinem Grab in São Paulo umdrehen würde, sollte ihm diese falsche Aussprache je zu Ohren kommen.

Pirasol will er, wiederholt Thea trotzig, und Gwendolin schweigt, sie achtet nur auf das Brötchen, das genauer zu kauen ist als früher, auf die Müdigkeit in den Zähnen, auf den Schluck nach jedem einzelnen Bissen, kein Wort, das hier noch dazwischenpasste.

Aber Thea schweigt nicht mit, sie faucht: Schätzchen, das hilft uns beiden nicht, wenn du den Mund hältst. Rede! Sag was! Du weißt, was der Junge gemacht hat.

Thea kennt ihn nur aus Gwendolins Erzählungen, die sie ihr abgerungen hat mit ihrer tückischen Freundlichkeit, aber sie nennt ihn trotzdem so, Junge, und bevor sie dieses Wort ausspricht, macht sie jedes Mal eine kurze, spöttische Pause.

Er müsste jetzt vierundfünfzig Jahre alt sein, flüstert Gwendolin.

Wenn du das sagst. Und die meisten Jahre sind dir leider entgangen. Mehr als die Hälfte. Den kennst du jetzt nicht mehr.

Vielleicht hat Thea recht damit, wahrscheinlich, überlegt Gwendolin, gibt es an denen, die weg sind, irgendwann nichts mehr zu kennen, weil man schließlich nicht dabei war, als die Haare des andern verfielen und sein Leben schal wurde oder gut; weil man nichts mehr bezeugen und nichts mehr vergessen kann, weil einfach nichts mehr zu sehen ist.

Ich weiß eins, stößt Gwendolin nach einer Ewigkeit hervor. Was ich an ihm kenne, ist, dass er weg ist. Das ist das Wichtigste.

Mir gefällt das nicht, gibt Thea zurück und schlägt mit der gutgepflegten Rechten auf den Tisch, dass der Morgen noch lange nachklirrt.

Was soll das, Gwendolin? Die ganzen Jahre erzählst du mir, wie das damals war, das Gerede und alles. Und jetzt? Es gibt Söhne, die sind noch welche, und es gibt Söhne, die sind keine mehr, so ist das. So ist das nun mal. Niemand hat den Jungen gezwungen, ein Krimineller zu werden.

Ein Krimineller, nein. Gwendolin schiebt die Krümel auf ihrem Teller zu einem Dreieck zusammen und schüttelt den Kopf. Kein Krimineller.

Das hat er sich selbst zuzuschreiben, sagt Thea. So einer verdient es gar nicht, ein Sohn zu sein. So einem machen die heute noch den Prozess, da sind die ganz genau.

Gwendolin hält sich mit den Händen am Teller und dem Blick an den Krümeln fest, dann schaut sie zu Thea und fragt endlich, was schon seit Tagen zu fragen ist: Woher weißt du das denn, woher weißt du, dass er wieder in der Stadt ist? Du kennst ihn doch gar nicht.

Jemand hat ihn gesehen. Jemand, der ihn von früher kennt.

Was hat er gesagt?, fragt Gwendolin. Und wer, wer denn?

Das schwarze Schaf vom alten Suhr ist wieder da, hat sie gesagt, sie, es war eine aus der Gemeinde. Sehr glaubwürdig.

Das schwarze Schaf vom alten Suhr, sagt Gwendolin. Sie nickt und schüttelt gleich darauf den Kopf.

Du wolltest es ja wissen, fährt Thea sie an, da hast du's, jetzt weißt du, wie es war.

Um nichts sagen zu müssen, schon gar nicht: das *einzige* Schaf, nimmt Gwendolin einen Schluck, der Schluck ist zu groß und zu heiß, dieses Brennen in der Brust, das Brennen da unten damals, der Schmerz und der Kreißsaal, vier Frauen gleichzeitig, nur durch Vorhänge getrennt, die Schreie der anderen und später die eigenen, die für niemanden zu hören waren, weil Gwendolin das mit sich selbst ausmachte wie alles, was wehtat, das strähnige Haar der alten Hebamme und deren Gleichgültigkeit und nie und nimmer aufstehen dürfen und die Kraft und die Schmerzen, die Gwendolin zusammentat, die Kraft und die Schmerzen von dreißig Jahren, und schließlich der Moment, als ihr dieser ganze herausgewürgte Junge gezeigt wurde, von oben bis unten fremd, dieser läppische und auf ewig unverzeihliche Moment, in dem sie ihr Kind haben und wegstoßen wollte, beides auf einmal, und die Zeit danach, als sie es nur noch haben wollte, *nur noch*, aber da war es dann trotzdem weg, einen ganzen leeren Tag lang sogar, und wurde ihr danach nur alle vier Stunden zum Anlegen gebracht.

Gwendolin!, kommt es von drüben. Hör mir gut zu jetzt. Das ist nur eine Frage der Zeit, bis der Junge vor der Tür steht und dich um den Finger wickelt. Dein Seliger hat ihn enterbt. Na und?, wird er sich sagen, da gibt es ja noch diese andere, die nie den Mund aufmacht, und von der kann ich das Haus kriegen. *Unser* Haus, verstehst du? Ich habe ein Wohnrecht. Ich habe investiert, falls du dich erinnerst. Denk an die Küche hier. Gwendolin, sieh dich an. Das alles wird passieren, wenn du dich nicht änderst.

Gwendolin nimmt die Hände vom Tellerrand und sieht an sich herunter, ihre Brust ist klein geworden, sie kann sie nicht mehr wippen lassen wie früher, als das noch passte, zu ihr und zu Pirasol, ein paar Krümel auf dem blassgrünen Stoff, sonst nichts. Sie sieht ihre braungefleckten Hände auf dem Tisch liegen, wie Pfützen hingespült, die Finger trübe Rinnsale mit Arthrosebeulen, auf dem Handrücken Ströme von Adern. Sie zittern ein wenig, diese Hände, und Gwendolin denkt, ändern, sie sagt: Ja, das muss ich wohl. Mich ändern. Da hast du sicher recht.

Ich schlage vor, wir ändern zuallererst einmal das Haus, verkündet Thea und zeigt dabei das Lächeln von einer, die Zeit hat. Das andere, fügt sie hinzu, kannst du dann später noch tun.

Ändern? Die Villa? Wie meinst du das?

Wie ich das sage. Ein paar kleine Arbeiten, nichts Besonderes.

Aber warum, fragt Gwendolin und schaut dann kurz auf die neue Küchentapete, sie sieht die Einbauküche aus Eichenholz, keine zwei Jahre alt und aufgeräumt, die Schränke und Regale, die bis unter die hohe Decke reichen und die die alten Küchenmöbel der Villa aus dem Raum gedrängt haben, Gwendolin sieht, dass es hier überhaupt nichts zu ändern gibt und dass, wenn man das Wichtigste außer Acht lässt, nichts verkehrt ist in diesem Haus.

Warum, fragt Gwendolin, warum denn ändern, hier ist doch alles gut.

Nur dass Thea das gar nicht sehen kann, Thea im knochigen Morgenmantel, Thea mit den kleinen, euligen Augen. Nur dass Thea eine kleine Portion Luft ausstößt, den Kopf schüttelt und noch einmal atmet, ein und aus und ein und aus. Die Villa, sagt sie dann deutlich und Wort für Wort, die Villa muss eine Festung werden.

4

Mein Haus steht Ihnen offen, sagte Willem Suhr mit diskret verklärtem Blick, nachdem er sich im Winter vierundfünfzig beim Direktor der Berufsschule angemeldet und Gwendolin dann in seine Villa transportiert hatte, um ihr das stillgelegte Musikzimmer und die Bibliothek im ersten Stock zu zeigen.

Nie zuvor hatte sie Pirasol gesehen, aber sie erkannte es auf Anhieb. Das Haus, es schien nur ihr zu gelten. Es erkannte sie zurück. Der ortsfremde Name, der auf einen entfernten und längst überholten Verwandten aus Brasilien zurückzuführen war, rührte sie, das ganze Haus zerwühlte sie, weil es gewaltig und doch unbeholfen war, mit seiner hölzernen Bibliothek und seinem polierten, aber entschieden verstimmten Flügel. Das alles war nichts als ein Versuch, irgendeiner von irgendwem, und doch, im Winter vierundfünfzig stand Gwendolin in der Villa und wusste, dass der Versuch ausgesprochen gut war.

Willem war damals doppelt so alt wie sie und mitnichten ein hässlicher Mann, das musste man sagen. Er trug zwei Außenfältchen pro Auge und ein dünnes Bärtchen über dem Mund, seine dunkelblonden Haare sahen weich aus, obwohl sie der Stirn viel zu großzügig Vortritt gewährten, und es schmunzelten sein Blick und seine Hände. Hände, die ein Musikzimmer besaßen und einen Raum für Bücher.

Gwendolin sagte an diesem Nachmittag nur wenig, was ihr die Bezeichnung *stummes Mägdelein* einbrachte, ein Name, der sich flugs im Haus verbreitete und später, peinlich genau zur Hochzeit, vom gesamten Personal fehlerfrei beherrscht wurde. Und es stimmte ja auch. Es war in der Tat äußerst wenig, was Gwendolin an ihrem ersten Tag in der Villa über die Lippen brachte. Die meiste Zeit war sie damit beschäftigt, nicht an den nötigen Klosettgang und stattdessen an all die Menschen zu denken, die nicht das geringste Problem mit nötigen Klosettgängen hatten, die sich keinen Deut um den aufdringlichen Strahl kümmerten, der sogar durch doppelte Türen hindurch zu hören war, jedenfalls dann, wenn sich hinter diesen Türen ein Wasserklosett befand, sie dachte sogar an die Marktfrauen nach dem Krieg, die sich ungeniert über Luftschächte hockten und manchmal von den Kellerjungen mit

Schläuchen nassgespritzt wurden. Gwendolin bohrte ihre Füße in den Boden und schwieg wie ein Mägdelein, konnte ihre Hand aber später kurz von Willems adriger Hand drücken lassen und dachte, das würde reichen für den Anfang, der ja dann auch der Anfang war, der Beginn von allem, das zu folgen hatte.

Gwendolin trug ein ansehnliches Kleid, so wie es sich in den Augen der hauswirtschaftlichen Lehrerinnen der Berufsschule geziemte, und merkwürdig war das: wie sie all diese Dinge beachtete, die Kleider und Sitten und den Moment, wann eine Sache vorbei zu sein hatte, sonderbar, wo sie doch keine Schülerin war, sondern nur in einem der ausgemergelten Zimmer wohnte und den Lehrerinnen half. Weil Jacken-Karl der Direktor war und weil er früher ihren Vater gekannt hatte. Und gar kein schlechtes Kleid war das, wenn man die Zeit bedachte, die erbärmlich und immer noch neu war. An diesem Nachmittag sah Gwendolin wie eine Dame aus in Ocker und in Mint und ließ insgeheim schon die Berufsschule hinter sich, auch wenn es danach noch eine Weile dauerte, bis sie die Villa endlich einholte.

Fräulein Gwendolin, sagte Willem höchstens, ab und zu, wenn es sich anbot, mögen Sie ein Gläschen, fragte er höchstens, aber sie mochte ja keines, lieber nicht. Er rückte ihr keinen Millimeter zu nahe, die meiste Zeit jedenfalls, und er schien auch ihre Taille nicht zu bemerken, obwohl nicht einmal Jacken-Karl unter den strengen Blicken seiner gewellten Frau davor haltmachte, weshalb Gwendolins Tage in der Schule ohnehin gezählt waren.

Willem führte sie durchs Haus und zeigte ihr jedes einzelne Zimmer; er ging voraus, aber nie mehr als einen halben Meter, und zu jedem einzelnen Raum hatte er einen Satz oder eine ganze Meinung parat, obwohl er, wenn man sein Personal nicht mitrechnete, hier ganz allein lebte und nur einen Teil des Anwesens bewohnen konnte. Trotzdem hatte jedes Zimmer eine Bedeutung, keines stand leer und keines sah aus, als könnte darin etwas Schlimmes geschehen. Die Möbel waren dunkel, aber die meisten Räume lagen trotzdem hell im fenstergroßen Licht.

Gwendolin mochte Pirasol. Das Haus sah friedlich aus, vertraulich. Und doch gab es etwas, das sie schon damals beunruhigte, und das war Willems übertriebener Sinn für Ordnung. Dabei hatte sie in Jacken-Karls Berufsschule seit Jahren mit wenig anderem als mit der Wichtigkeit aufgeräumter Zimmer zu tun. Aber die Ordnung hier in der Villa war etwas vollkommen anderes, nirgends lag ein Krümel, nirgends ein Schnipsel, Pirasol war eine äußerst penible Angelegenheit. Nur bei der Besichtigung der Küche entdeckte Gwendolin in einer Ecke Schokoladenpapier, etwa zeitgleich mit Willem, der daraufhin die Hauswirtschafterin eine Spur zu heftig anwies, es unverzüglich aufzulesen, und ihr außerdem vorhielt, sie habe ihre Tochter leider nicht im Griff.

Fräulein Gwendolin, sagte Willem später im Musikzimmer, im Winter vierundfünfzig, und drückte ihre Finger mit seiner Rasierwasserhand dann leicht nach unten, genau in Tastenrichtung des rostbraunen Flügels, in dessen Lack der Junge viele Jahre später ein paar Kratzer setzen und dafür eine beträchtliche Platzwunde in Empfang nehmen sollte, Fräulein Gwendolin, sagte Willem, und sie wusste, dass, wenn sie in diesem Moment Ja dachte, alles entschieden wäre und für immer, sie hörte Willems Atem schwerer werden und spürte seine große Hand auf ihrer, die Luft ein wenig stickig, die Luft ein wenig alt, und dann berührten Gwendolins Finger unter dem Gewicht von Willems Rasierwasser endlich die Tasten und trommelten nach einer Weile Ja auf das Elfenbein, ja, trommelten sie, ja, ja, ja.

5

Das Grabkissen knorpelt dünn unter den Knien, Willem, flüstert sie, Willem, sagt sie laut und legt die Hand auf das feuchte Grab. Wintrig gärt die Erde, kräuselt sich, erinnert sie an nichts. Und Gwendolin beginnt zu wühlen, sie zupft und wühlt und wühlt und glättet, oben: *Unvergessen*; sie körnt die Erde, die jetzt doch nach etwas riecht, nach dem alten Wind im Küchenfenster daheim, und Gwendolin kniet und wühlt und redet, Willem, spricht sie, denk, was geworden ist, und später steht sie auf, klopft das klamme Grabkissen aus und wartet schrittelang, bis die Knie wieder eingerenkt sind, Erde, riecht sie, März auf den knospenlosen Kreuzen, und geht dann weiter den Friedhofsweg entlang, der dunkel unter ihren Füßen fließt, braun wie der Flügel unter den Laken von Pirasol.

6

Im Juni achtundvierzig tauschte Gwendolin das Elternklavier gegen ein paar fast schon wertlose Scheine ein. Eine Schule kaufte ihr das Stück ab, und die Männer, die es später abholten, erkannten nichts von dem, was dieses Instrument einst bedeutet hatte. Schwarz wie Lackschuh und höchstens dreißig Jahre alt, aber trotzdem halbtot schon, weil die Hände der Mutter zum Schluss immer schwerer und vergeblicher geworden waren, schwarz wie Lackschuh und halbtot schon war dieses Klavier und früher trotzdem das Hellste gewesen, das Gwendolin passieren konnte, zusammen mit diesem ganzen Wilmersdorfer Kindsein, mit der Mutter und dem Vater, die ihr gezeigt hatten, dass es gelingen konnte, alles, und dass man manches Mal, in Zeiten nur, unwiderruflich aufgehoben war.

Die Suche und Suche seitdem.
Kommt einer vorbei und hebt sie auf.
Seitdem die Suche.
Immer, für immer, die Suche.

Bevor sie ihren Vater aus dem Haus zerrten, war Gwendolins Leben in der Nähe des schwarzen Blüthner vorgekommen, in der Nähe des glatten, derben Holzes, das Jahr um Jahr das Gute in sich aufsog, das die Eltern füreinander hatten und das dann auch noch für sie, Gwendolin, reichte.

Die Mutter erteilte ihre Klavierstunden mit federleichten Händen, jeden Tag und bis zum frühen Zuletzt, als der Hauch von ihren Händen gefallen war, Tausende von Klavierstunden gab sie und hatte sich lange vor Gwendolins Geburt einen fabelhaften Ruf erarbeitet. Sie konnte genügend Schüler vorweisen, um manchmal sogar die ganze Familie durchzubringen, ganz im Gegensatz zum Vater, der schon ein halbes Dutzend Jahre nach Gwendolins Geburt beruflich so gut wie gar nichts mehr vorzuweisen hatte. Er war Theaterkritiker gewesen und hatte, als die Theater sich entleerten von Schauspielern und Stücken, seine Stelle verloren, weil die Verirrten seine Zeitung und sicherheitshalber gleich noch seinen ganzen Beruf verboten.

Gwendolin wusste darum, später, als sie im Alter war, in dem man um Dinge wusste. Die Eltern hatten sich gar nicht erst die Mühe gemacht, irgendetwas vor ihr zu verheimlichen, jedenfalls die meiste Zeit. Und doch konnte sie es schon damals sehen: das staubfeine Glück zwischen den ersten stickigen Kellernächten und den rotweißschwarz abwinkenden Fahnen auf den Straßen; sie konnte es sehen, das Klavier im Wohnzimmer, an dem die Mutter saß und manchmal auch sie selbst, Gwendolin, und neben das sich der Vater einen Ohrensessel gerückt hatte, um seine Bücher zu lesen, obwohl er auch einen Schreibtisch im Schlafzimmer unterhielt. Dieses Glück roch nach Gerstenkaffee und gekochten Kartoffeln, die kalt in Töpfen lagerten, es roch nach gedünstetem Kohl, verbranntem Holz und dann auch noch nach dem Spritzer Kölnisch Wasser, das die Mutter jeden Morgen auflegte, um da zu sein, wie sie gerne sagte. Dasein, das war ihre Art. Dasein war der Dank, den man dem da oben schuldig war. Die Mutter konnte lange nicht aufhören, dem da oben zu danken.

Wahrscheinlich spürte Gwendolin, dass ihr in der Wohnung mit dem schwarzen Klavier nichts passieren konnte, dass die Dinge hier ihren Anfang nahmen jeden Tag und dass sie, die Zöpfe meterweise dunkelblond, ein geliebtes Kind war und vorerst bewahrt bis in alle Zeit. Die Leute gingen ein und aus in dieser Wohnung, übten Tonleitern oder ließen sich vom Vater Nachhilfe in unverfänglichen Fächern geben, von denen es mit den Jahren immer weniger gab, und abends rief der Vater ohne Ankündigung: *Ab ins Theater mit euch!*, weil ihm tags wieder ein Stück aufgefallen war, das die Verirrten versehentlich noch nicht verboten hatten, und dann zitierte er daraus und vergaß dabei niemals zu erwähnen, um welchen Akt und welche Szene und welchen Vers es sich handelte, der Vater hatte wirklich ein sagenhaftes Gedächtnis. Nie gingen sie nach seinen Ausrufen tatsächlich ins Theater, dafür war einfach kein Geld da. Aber am Ende ging es ohnehin nur um *Ab ins Theater*, am Ende ging es sowieso nur um den Vater, die Mutter, das Kind.

Und manchmal, an leichten Tagen, da zog der Vater sein steifes Bein durch die doppelt mannshohen Räume und schrie fröhlich den *Peer Gynt* in die Wohnung, *dieses Mal, Peer, mit-ten-durch, ob auch der Weg noch so schwer!* Und wenn die Mutter ihn dann einmal zu fassen kriegte, nahm sie sein Gesicht in beide Hände und besichtigte es eine Weile, die mageren Gestalten des Vaters und der Mutter wuchsen zusammen zum wohlgenährten Einen, und aus der Küche roch es nach kaltliegenden Kartoffeln und nach Gerstenkaffee, Jahre und Jahre und so lange, bis er dann doch zu schwer wurde, der Weg, und im Wohnzimmer stand das Klavier und wusste alles, hatte alles kommen und alles gehen sehen, schwarz wie Lackschuh war es und zerfurcht von immer ungeheizteren Wintern und immer weniger Glück, es war sogar dann noch da, als sich der da oben längst davongestohlen hatte, und schwand erst, als auch Gwendolin schon fast nicht mehr da war.

7

Gwendolin sitzt am Küchentisch und weiß, sie sollte hier nicht sein, nicht am Mittwoch, nicht, auf keinen Fall, am Nachmittag. Sie wollte nur Tee kochen und die Kanne mit in ihr Zimmer nehmen, um dort ihre alten Engländerinnen zu lesen, drei schwindsüchtige Schwestern, von denen es keine auf vierzig Jahre brachte in den Mooren von Yorkshire.

Aber ehe Gwendolin verschwinden konnte, war sie von Theas Gemeindefreundinnen auf den einzigen freien Stuhl gedrückt worden. Gwendolin hustet, sie trägt die Last von sieben Blicken auf dem Gesicht und versucht, dem Dunst von Bohnenkaffee und Parfum auszuweichen, aber wie denn?

Seit Monaten sitzt Thea mit den Frauen hier an der *Chronik*, für die sie jedes Mal dramatisch die Stimme hebt, als ginge es um mehr als die Seniorenarbeit der Gemeinde, die ohnehin keinen interessiert und selbst den Frauen, die Pirasol mittwochs mit ihren Kaffeetassen belagern, nur als Vorwand zu dienen scheint. Die Chronik müsste längst fertig sein, ein paar Ausflüge und Weihnachtsfeiern, die schnell erinnert sind, das Heft müsste schon vor Wochen gedruckt und verteilt worden sein, aber nichts, kein Wort davon.

Im Augenwinkel sieht Gwendolin eine Hand, die sich von links nähert und dann warm und klebrig auf ihrer eigenen landet.

Wir wissen, was Sie jetzt durchmachen, flüstert es neben ihr so laut, dass von überall blanke Zustimmung kommt, außer von Gwendolin, die noch nicht einmal selbst weiß, was sie jetzt durchmacht.

Vorsichtig zieht sie ihre Hand weg und sieht kurz nach links, nein, sie könnte nicht sagen, wie das Gesicht heißt, das ihr mit zerkniffenen Augen zunickt, es ist eines dieser Mittwochsgesichter, denen sie sonst ausweicht. Gwendolin sieht zu Thea, doch die zuckt mit den Schultern und sagt:

Wir fühlen alle mit dir, wir sind uns da einig. Wir werden dir helfen, Schätzchen. Du musst es nur zulassen.

Die Antworten werden Gwendolin erst spät im Waschkeller gelingen, die Worte ohne Angst und Buckel, die in Wahrheit Gesten sind und zeigen, mit wem man es hier zu tun hat, nämlich mit ihr selbst, Gwendolin Suhr, und mehr ist nicht zu sagen. Aber jetzt, vor dem Lauern des Küchentischs, jetzt fürchtet Gwendolin ihre eigenen Gesten und am meisten die Zeit danach, die Zeit *nach* den Gesten, in der man aufstehen und gehen muss mit festem Blick, die Sekunde, in der man weiß, dass die Dinge schwerer werden ab sofort, und wennschon, man kümmert sich eben nicht darum, wenn man die Gesten beherrscht, wenn man sagen kann: Ich bin das, was mir zusteht.

Oh, das ist freundlich, würgt Gwendolin also in die Runde, nur, ich komme schon zurecht.

Margit, los, erzähl, was du gesehen hast, dirigiert Thea, und endlich weiß Gwendolin, wer da neben ihr sitzt, Margit, die den Jungen gesehen hat irgendwo, die ihr das Bild und fünfunddreißig abgezählte Jungenjahre voraushat, Margit mit der leicht beleibten Hand, Margit, die jetzt leise und triumphierend zu reden anfängt:

Im Park stand er, drüben beim Teich, ich hab ihn fast nicht erkannt.

Mit trockenem Mund fragt Gwendolin, während in der Magengegend ein Glühen aufbricht:

Sie kennen ihn, ja?

Sagen wir, ich erinnere mich.

Woran?, flüstert Gwendolin und sieht ihre Tischnachbarin erst jetzt wieder an, weil es schließlich um etwas geht, um den Jungen geht es, von dem sie selbst nicht mal die Hälfte kennt.

Ich bitte Sie, die Zeitung war damals voll von ihm, wir alle haben das Gesicht gekannt. Wie er aussah! Ein bisschen mehr zurechtgemacht und keiner in der Stadt hätte ihm das zugetraut.

Margit schaut in die Runde und fast alle pflichten ihr bei, nur Thea nicht, die geflissentlich in ihrer Tasse rührt.

War er wenigstens jetzt ein bisschen mehr zurechtgemacht?, fragt Gwendolin, aber sie fragt es ja gar nicht, jedenfalls nicht, wie es anstünde.

Sagen Sie, schluckt sie, wie sah er denn aus?

Margit schweigt eine Weile und sieht zu den anderen Frauen, dann wendet sie sich wieder an Gwendolin und sagt:

Wissen Sie, ich habe nur auf den irren Blick geachtet, da guckt man doch nicht weiter bei solchen Augen. Die Enten hat er angestarrt, der sah aus, als würde er denen gleich den Hals umdrehen, nein, wenn Sie mich fragen, nehmen Sie sich bloß in Acht vor diesem, diesem –

Gwendolin denkt an das jämmerliche lokale Blättchen, dem Willem das Jungengesicht förmlich einkerbte im Herbst neunundsiebzig, sie erinnert sich an alles, an die Überschriften, die wohlverdiente Strafe, die sie dem tausendmal wunden Jungen hinterherschmeißen wollten, und sie denkt an den Teich, an dem der Junge wirklich einmal versucht hat, Enten zu treffen mit viel zu kleinen Steinen. Höchstens sechs Jahre war er alt, als er an allen Enten vorbeiwarf und Gwendolin nichts davon verstand und sich erst dann vor den Jungen knien konnte, als er beiläufig gefragt hatte: Hast du schon mal alles erlebt?

Sie umarmte und umküsste ihn, legte ihr Kinn auf seine rechte kleine Schulter und kannte ihn wie nie, Stunden oder Tage und jedenfalls so lange, bis der Junge sie in den Rücken kniff und sie beide lachen mussten und dadurch auch die letzten Enten verscheuchten. Sie wünscht es ihm fast, dass er diesmal eine erwischt hat, womöglich mit bloßen Händen.

Gwendolin! Sie schreckt zurück vom Teich und den Enten, Gwendolin!, ruft Thea ein zweites Mal. Es geht hier auch um meinen Hals! Verstehst du? Du tust, als ginge dich das alles nichts an! Der Kerl hat dein Leben kaputtgemacht.

Gwendolin kennt Theas Zorn, er kommt unversehens, und es ist höchstens ein Schulterzucken, das ihm vorausgeht, oder überhaupt keine Regung, nichts. Und wie immer wird er wenig später zu Tränen zerfallen, nur um sich gleich am nächsten Tag in Hohn zu verwandeln, Gwendolin kennt Theas Zorn.

Ich bin, sagt sie, ich weiß, ich weiß nur nicht.

Ich weiß nur nicht?, fragt Thea mit ihrer herben Stimme, die sich an den unpassendsten Stellen überschlägt. Wie kann man denn so leben, wie kann man nur so lange nichts wissen, wie kann man so naiv sein? Wie fühlt sich das an, wenn man sich nie wehrt, Gwendolin, du bist vierundachtzig! Was tust du denn? Kriechst brav zum Friedhof, kriegst nie Besuch, ist dir alles egal?

Thea ist an der Stelle mit den Tränen angekommen, ihr Gesicht fleckt rot, ihr Mund kann nicht mehr aufhören, sich vor dem unbekannten Jungen und vor Gwendolins Stille zu fürchten: Vollkommen naiv bist du, schreit sie, gar keine Ahnung hast du, du weißt überhaupt nicht, was das bedeutet, wenn der Kerl wieder in der Stadt ist, ich frage mich –

Thea!, kommt es von irgendwo. Lass es, Thea, Schluss! Schluss! Hör auf jetzt.

Erst jetzt erschrickt Gwendolin und sucht die Stimme aus dem Löwengrund. Oft, wenn sie selbst am geringsten war, hat es jemanden gegeben, der sie verteidigt hat, der es auf sich nahm und nichts dafür wollte, und häufig, nach dem Vater und der Mutter, war es jemand gewesen, von dem sie es keinesfalls erwartet hätte. Jemand, der gar nicht an der Reihe gewesen war. Den sie nicht einmal kannte.

Die Stimme sitzt rundlich gepflegt auf der anderen Seite von Margit, aber sie achtet nicht auf Gwendolin und schaut nur Thea an, die zwar nicht mehr schimpft, aber jetzt so gewählt schluchzt, dass auch Gwendolin wieder hinüberschauen muss. Das rötliche Klagen dauert noch minutenlang, dann schnäuzt sich Thea und wird auf der Stelle windelweich. Sie sieht Gwendolin an und sagt von weit weg:

Ich habe Dinge veranlasst, vernünftige Dinge, du brauchst dir keine Sorgen zu machen, Schätzchen, denn alles wird gut jetzt, wir können hier bald wieder in Ruhe leben, das können wir wirklich.

Thea rührt noch einmal in ihrer Tasse, schaut zum Fenster, gefriert für einen Moment und schreit dann: So seht doch, sofort, seht doch!

Und von überall kommt ein erschrockenes und dann anerkennendes Raunen.

Genießt es!, ruft Thea, genießt es, meine Lieben!, und sie sieht dabei so porös aus, dass sich jetzt auch Gwendolin umdreht und dieses ganze entsetzliche Bild zu sehen bekommt. Sie krallt sich an der Stuhllehne fest und weiß: Das, was hier passiert, das ist für andere, was hier geschieht, das geht sie nichts an. Fühl nicht hin, sagt sie sich, fühl weg, befiehlt sie sich, doch vergebens, nichts von alledem will ihr gelingen, und mit dem letzten bisschen Junge in den Venen kann sie das feiste Untergehen der Sonne spüren.

8

Gwendolin lässt die Bluse hängen und nimmt vier Geschirrtücher von der Leine, faltet sie zusammen und legt jedes in den Wäschekorb, sie wird sie nicht bügeln, niemals, wo sie überhaupt nur noch das bügelt, was sich nicht vermeiden lässt, da, ein Unterhemd, dürr und von Thea, und Gwendolin zerrt das Hemd von der Leine, das Hemd lässt mit sich reden, Himmel!, presst sie ihre Finger in den zerknüllten Stoff, Himmel!, gräbt sie ihre Nägel in die Baumwolle und setzt sich so lange für sich ein, bis ihr die eigenen Hände vergehen und alle Tode Stück für Stück. Dann legt sie das Hemd für später zur Seite und fühlt, wie das Beben nachlässt, noch jedes Mal hat der Keller sie aufgefangen nach den Pfeilen und dem Lächeln, noch jedes Mal war sie froh gewesen, dass sie selbst sich um die Wäsche kümmert für alle im Haus, früher für Willem und den Jungen und sich, jetzt nur noch für Thea und sich. Und Gwendolin wendet sich wieder der Leine zu und prüft die Hemden und Strumpfhosen, so hell riecht es hier und so nach Kindsschlaf, dass sie spürt, es ist gut für heute, gesagt hat sie alles, vorbei.

9

Willem hatte die Hochzeit für den Sommer angesetzt, ein Plan, den Gwendolin lange als Beweis für das Sanfte in ihrem Verlobten gelten ließ, der in Wahrheit aber nur Willems sachlicher Ader geschuldet war und nicht etwa den Rosen von Pirasol, die ja erst im Sommer aufbrachen, nicht dem feinen Wind, der abends durch den Garten der Villa zog. Erst am Tag ihrer Trauung begriff sie, dass Willem an nichts anderes als die Erneuerung seiner Papierfabrik dachte und vor der Hochzeit noch den ersten Bauabschnitt zum Abschluss bringen wollte. Der Termin hing also mit zwei Hochleistungsdampfkesseln und einer nagelneuen Papiermaschine zusammen und dann auch noch mit einem Gleisanschluss, der die nahgelegene Zellstofffabrik miteinbezog.

Insgeheim hatte Gwendolin auf einen Schleier aus

Papier gehofft, vielleicht auf ein ganzes Kleid, von Willem nach Dienstschluss im Direktorat genäht. Sie hätte sich leicht gefühlt in so einem Kleid und keinerlei Sinn gehabt für den Klumpen Nein, der sich unterhalb der Brust bemerkbar machte, als der Priester von Sankt Nikolai höflich tönte: *Ich frage auch dich vor Gott dem Allmächtigen*, als sie dastand und das heilige Sakrament der Ehe empfing in ihrem schlohweißen Kleid aus Brokat.

Die Kirche war voll, aber die Gäste, die für sie, die Braut, gekommen waren, füllten höchstens eine halbe Bank. Mittig in der linken Reihe und direkt in ihrem Augenwinkel saßen Jacken-Karl und seine erleichterte Frau und dann auch noch drei oder vier Hauswirtschaftslehrerinnen der Berufsschule, die wahrscheinlich nur darauf warteten, endlich den Reinlichkeitsgrad der Villa überprüfen zu können. Gwendolin, seit sieben Jahren neu in der Stadt, dachte an die Mutter und den Vater, während sie Willem den Ring über einen nikotingelben Finger zwängte, und beim Kuss vergaß sie die Augen zu schließen und sah hoch oben am Kreuz den Bärtigen mit dem traurigen Lanzenstich, hoch oben die Wunde, die niemals schwieg, es kamen die Gaben, die Fürbitten, *Heilig, heilig, heilig Gott* sang die Gemeinde, sogar Willem gab seinen beachtlichen Bariton dafür her, und als zum Schluss endlich die Trauung ausgeläutet wurde, floss Gwendolin der Schweiß unter dem schweren Rückenteil, sie fror, sie hätte gerne ein Kleid aus Papier gehabt.

Die Feier fand in der Villa statt, und wirklich, das Haus konnte sich sehen lassen. Eine Woche lang hatte das Personal sämtliche Zimmer und Treppen und holzvertäfelten Wände auf Hochglanz gebracht. Fast jeder Raum, sah man einmal von den Bediensteten- und den Mädchenkammern im zweiten Stock ab, stand für die Gäste offen, auch das Musikzimmer und die Bibliothek, sogar die Bäder und die Brausekabinen und ganz besonders Willems Arbeitszimmer, überall durfte gefeiert und geruht und sich frisch gemacht werden. Trotzdem fand das meiste unten im Salon statt, dem gewaltigen und mehrfach eckigen Wohnraum, in dem Willem noch vor der Lady-Curzon-Suppe seine erste Rede hielt und das Glas auf die Arbeiterschaft seiner Fabrik erhob, auf die Ingenieure, Papiermacher und Lehrlinge, auf die Sekretärin und die guten Seelen aus der Kantine, auf den Prokuristen, den Betriebsarzt und die Werksfeuerwehr.

In seiner zweiten Rede, die ungefähr zwei Stunden später bei russischen Eiern, hübschen Schnittchen und Schmalzgebackenem gehalten wurde, würdigte Willem das Transparent-Zeichenpapier, den Registerkarton und das extrafeine Schreibpapier, das Rändelpapier und das Packpapier und schließlich noch das Spezial-Krepppapier, und erst gegen zehn, als im Haus nichts Vornehmes mehr zu finden war, erhob er das Glas auch auf sein stummes Mägdelein und lallte ein paar zärtliche, jedoch vollkommen unverständliche Sätze, was einzig daran lag, dass es sich um das ungefähr zwanzigste Glas handelte, das Willem an diesem Abend zu fassen bekam.

Alle waren sie da, der Bürgermeister ebenso wie der blutjunge, auf rührende Weise unansehnliche Apotheker Böhlich. Jene Männer, die nicht mit ihren reizenden Gattinnen erschienen waren, hielten sich im wohlriechenden Schutze einiger Damen auf, die, wie Gwendolin erst später erfuhr, der städtischen Liebeskaserne entstammten. Es wurde getanzt, geraucht und getrunken, Schwaden von Schnaps und Gelächter zogen durchs Haus, und sogar der Prokurist musste auf der dunkelbraunen Holztreppe innehalten und unter dem Porträt von Hermes Ernesto Pirasol Erbrochenes von seiner Krawatte wischen. Manchmal tauchte Willem auf, tätschelte Gwendolins Wange, torkelte weiter und ahnte dabei wohl noch weniger als die ihm Angetraute, dass er die Hochzeitsnacht erst Tage später, mit energisch heruntergelassener Hose, würde ordnungsgemäß nachholen können.

Gwendolin, so müde und verklebt unterm schweren Kleid, hielt sich den ganzen Abend gerade, durchquerte die Räume und führte sich freundlich in die Gesellschaft ein, Zitrusnoten, überall Schweiß in den Stoffen, und gegen Mitternacht stand sie zur Tanzmusik in der kleinen Eingangshalle und sah unter dem braungebeizten Kruzifix, das direkt über der Haustür hing, einen Gast, irgendeinen. Papiermacher, Ingenieur? Müde, beinah zerschlissen, passgenau unter dem Hölzernen mit Bart. Und Gwendolin stellte sich vor, was wäre, wenn der da oben – der da ganz oben – das Kreuz einfach fallen ließe wie damals den Vater und die Mutter, sie stellte sich vor, wie das Kreuz auf dem Gastkopf zum Halten käme und das Blut zwischen den Haaren hervorspritzte, sie stellte sich manches vor, eins nach dem andern, und wurde dann für einen Moment stutzig. Sie stürmte die Treppe hoch, stolperte fast über den dort jetzt ruhenden Prokuristen und bog oben ins Musikzimmer ein, sie wollte spielen, sie *musste* spielen und sah vorm Flügel ausgerechnet Böhlich sitzen, auf dem Schoß eine betriebsame Dame, die interessiert den unbeholfenen Liebesschwüren des Apothekers lauschte. Gwendolin rannte weiter, doch auch die Bibliothek war besetzt, drei Männer standen dort, rauchten Zigarren und tranken Cognac, *hilf mir!*, und sie rannte wieder nach unten und dann nach ganz unten, in den Keller mit der von Willem so gepriesenen vollautomatischen Waschmaschine. An der Leine hing einfache Tisch- und Leibwäsche, die Wände waren sauber gekalkt, und Gwendolin presste die linke Hand gegen eine dieser Mauern, *hilf mir! hilf mir!*, flüsterte sie, *bitte, hilf mir*, und Pirasol fing an, sie zu trösten, mit der schönen Kühle seiner Kellerwand presste es sich zurück in ihre Hand und machte Gwendolin langsam ruhig, atmen,

atmen, und alles war weiß, die Wände und die Tischwäsche und die Leibwäsche und dieses elende Kleid, das ihr totenfahl vom Körper hing, für jetzt und für immer und in Ewigkeit, atmen.

10

Gwendolin geht die Treppe hoch mit Kinderschritten und alten Knien, so fad ist der Mut in den Knochen, wässrig sind die Füße, die aus den Schuhen quellen. Aber sie bleibt dabei, sie bleibt dabei auf allen Stufen und nähert sich langsam dem verhüllten Teil von Pirasol.

An der Biegung des Geländers bleibt sie stehen, unter dem bärtigen Porträt von Hermes Ernesto Pirasol, dem viel zu verdanken ist, immerhin die Hälfte vom Haus. Gleich bei ihrem ersten Besuch in der Villa hatte Willem Gwendolin erzählt, wie es eine Schwester seines Großvaters, Gründer der Papierfabrik, nach Brasilien verschlagen hatte achtzehnhundertachtzig und wie diese einem Kaffeemillionär aus São Paulo in die heiratswilligen Arme gelaufen war. Und weil Willems

Großvater zu dieser Zeit im Bau seiner Villa gesteckt hatte und mit Geldproblemen gestraft war, hatte ihm der neu verschwägerte Kaffeemillionär kurzerhand den Betrag geschickt, der für die Fertigstellung des Gebäudes vonnöten war.

Zum Dank hatte Willems Großvater den Namenszug PIRASOL über der Eingangstür in Stein meißeln lassen, dem fernsüdlichen Gönner zu Ehren hatte er das düstere Gemälde aufgehängt, das nach einer Fotografie gemalt worden war, und als Zeichen seiner Dankbarkeit hatte er seinem Haus einen Namen gegeben, den niemand im Ort korrekt aussprechen konnte und auf den fast alle Bewohner des Städtchens mit Unverständnis und Gelächter reagierten, damals, heute.

Gwendolin bleibt so lange unter dem abgeblätterten Geldgeber stehen, bis ihr das Atmen wieder glückt, dann geht sie die restlichen Stufen nach oben. Als sie angekommen ist, schiebt sie sich am alten Bad vorbei und steht dann endlich im Musikzimmer, wo sie sich vor den weiß verhängten Essex-Flügel setzt, den Willems Vater einst übermütig bei Steinway & Sons gekauft hatte, damals, als die Familie schon lange nicht mehr auf das Geld entfernter Kaffeemillionäre angewiesen war.

Gwendolin starrt auf den Lakenstoff und stellt sich das Elfenbein unter dem Leinen und dem Deckel vor, kleine Portionen in Weiß und Schwarz, sie legt ihren Blick auf die Tasten und denkt sich die *Waldszenen*, fühlt die Stücke makellos in den Flügel hinein, *Herberge* und *Jagdlied* und *Jäger auf der Lauer*, sie braucht ihre knotigen Finger nicht mehr, sie kann auch so spielen, kann die Musik auch so hören, und später kommt ihr etwas anderes zu Ohren, zwei Stimmen, unten.

Die Mannsstimme von Thea.

Die Mannsstimme eines Mannes.

Es dauert lange, bis sich Gwendolin von dem Samthocker erhoben und das Laken geglättet hat, bis die alte Tür geschlossen ist und die Holzstufen abwärts überstanden sind, bis sie sich durch den Korridor in die Eingangshalle gequält hat und unter dem braungebeizten Bärtigen Thea entdeckt. Daneben steht ein bauchiger Mann, mühsam in Jeansstoff gezwängt, und spricht so lange von Öffnungsmeldern, bis Gwendolin begreift, es geht um Pirasol und um Festungen und Alarmanlagen. Gwendolin hat diese Dinge nie verstanden, diese Technik, die man zulassen müsse, wie Thea oft sagt. Aber das hier kann sie nicht zulassen, das hier ist nichts Gutes, nichts, das man Pirasol antun darf.

Und jetzt richtet Thea das Wort auch an sie, ohne Gwendolin dabei anzusehen: Ich erklär dir das später. Wir machen das Haus sommerfest, wir machen es *uneinnehmbar*. Der Piet baut uns das alles ein, zum Freundschaftspreis, stell dir vor, er ist der Sohn von Hilde.

Und Gwendolin stellt es sich vor: Pirasol, für immer auf der Hut, von oben bis unten jungensicher. Und leicht werden ihr die Beine da, im Bauch diese Leere, dieses dünne Gefühl, sie will etwas sagen, Nein!, will sie sagen, sie muss es sagen mit aller Kraft. Aber da ist keine Kraft, nur Schwarz ist da, heiß und knisternd und vor ihren Augen, nein, schweigt sie und fühlt dann, wie sie endlich, rücklings und fast ohne Bedauern, zu fallen beginnt.

11

Gwendolins Mutter wusste, wie man ganz Wilmersdorf in aller Stille auf seine Seite ziehen konnte, Charlottenburg sogar, Grunewald. Sie beherrschte auch die Kunst, nur versehentlich Angelockte wieder loszuwerden, ohne dass diese etwas davon mitbekamen. Es war das reinste Kinderspiel für sie, diese leicht Gewonnenen darüber hinwegzutäuschen, dass sie im Leben mit dem schwarzen Klavier nichts zu suchen hatten. Ein Kinderspiel, am Anfang jedenfalls.

Die Mutter hatte auch die Idee mit der doppelten Kalenderführung, um die Verirrten mit höflichem Bedauern und aller Entschiedenheit genau dorthin zu schicken, wo der Pfeffer wuchs. Gwendolin wusste nicht mehr, wann die Mutter und der Vater angefangen hatten, in jedem Dezember einen Terminkalender mit ausgedachten Namen zu füllen, vier oder fünf Jahre lang, am Ende hatte es damit zu tun, dass man dem Arzt im Erdgeschoss den Beruf verboten und die Praxis zerschlagen hatte, der Ordnung halber, bis er dann eins und eins zusammenzählte und in der Unteren Spree zur Ruhe kam.

Die Eltern erinnerten Samuel Weinreb jahrelang in das Haus zurück, obwohl seine Wohnung längst wieder gefüllt war, sie sprachen seinen schönen Namen aus und erzählten beim Essen von ihm und abends am Klavier, bis sie dann am Ende selbst verschwinden mussten, jeder auf seine Art.

Die Mutter und der Vater teilten sich den Kalender, den sie neben ihren richtigen Kalendern führten, und wenn ein schätzungsweise Verirrter kam, um sich den schönen Künsten hinzugeben oder sein Latein zu verbessern, dann bedauerten sie, weil leider kein einziger Unterrichts- oder Nachhilfetermin mehr frei war.

Es fiel dem Vater schwerer als der Mutter, sich in solchen Momenten das Lachen oder das rote Gesicht zu verkneifen, Gwendolin stand oft dabei und sah sich die Hände der Eltern an, die ruhenden der Mutter und die aufgeregten Fäuste des Vaters. War der Besuch dann endlich gegangen, nickten sich die Eltern kurz zu und schlossen die Tür, vollends zufrieden mit ihren *Schlichen*, wie sie diese Taten nannten. Sie hielten die Sache mit den Kalendern nicht bis zum Schluss durch, denn als das Geld knapp wurde in den vorletzten Tagen vor dem Ende, da nahm die Mutter auch wieder Verirrte auf und hielt sich, wenn sie am Klavier saßen, vielleicht mit unsichtbaren Händen die Ohren zu.

Die Mutter war besonnener als der Vater, sie verrichtete das Leben sanft und mit spitzbübischen Augen. Sie war eine ausgesuchte Frau, trug Wasserwellen im Haar und wusste, wie man sich wehrte, ohne dass der andere davon Wind bekam. Singen konnte sie so leise, dass es auf eine besondere Weise laut klang, und selbst wenn sie Klavier spielte, versorgte sie die ganze Familie mit einnehmender Stille.

Der Vater konnte sich dagegen so lärmend begeistern oder empören, dass seine aufgeregten Brauen wie Flügel schwangen. Er erzählte von Tschechow und von Wilde und spuckte manchmal vor Verehrung kleine Tropfen in die Luft. Gut vernehmbar lobte er sein rechtes steifes Bein, weil es ihn vom Töten und vom Sterben abhielt, lachte ausschließlich schallend und konnte keine Liebe der Welt für sich behalten.

Aber er fing auch kindswütig zu stottern an, wenn er von den Theatern sprach und dem, was aus ihnen geworden war, und er wusste das Verschwinden von Samuel Weinreb so geräuschvoll zu beklagen, dass die Mutter ihn erschrocken am Arm fassen musste, weil man solche Dinge besser für sich behielt. Wenn seine wenigen verbliebenen Theaterfreunde zu Besuch kamen und das Wohnzimmer nach kleinen Schnäpsen roch, dann konnte er von diesen Angelegenheiten wenigstens flüstern. Bei allen anderen Anlässen war die Mutter dafür zuständig, dass dem Vater nichts passierte.

Sie war meistens in seiner Nähe gewesen, wenn ihm die Worte zu deutlich gelangen, wenn er die Verirrten verdammte oder sich über sie lustig machte. Fast jedes Mal war sie rechtzeitig eingeschritten, wenn er sich um Kopf und Kragen geflucht hatte, und nur dieses eine Mal, dreiundvierzig im Luftschutzkeller, als draußen der März durch die kalten Straßen jagte, nur in dieser einen Nacht kümmerte sie sich um eine weinende Schwangere und sang ihr vor, während der Vater in der Nähe des kleinen Kanonenofens schulterzuckend sein Leben zu Ende brachte und sich nur den Tod für später aufhob.

Es war eine gewöhnliche Sirenennacht, auch wenn auf den Voralarm verzichtet und gleich Vollalarm ausgerufen wurde. Ansonsten schreckten Gwendolin und die Eltern wie üblich aus dem Schlaf und zogen sich hastig alle Kleidungsstücke an, die sie finden konnten, drei oder vier Schichten übereinander. Sie wussten ja nicht, dass das Haus auch Jahre später noch stehen würde, nahezu unberührt und nur in den Geschichten zerstört, die sich in seinen Wohnungen verkrochen hatten. Wie jedes Mal stürzte der Vater zum Bücherregal und bat Gwendolin, ein Buch auszusuchen, aus dem er ihr und der Mutter im Keller vorlesen wollte, ein Ritual, das die Familie schon durch viele dieser Nächte gebracht hatte. Nie im Leben wäre er ohne ein Buch aus dem

Haus gegangen, die Bücher, sie hielten und beschützten ihn. So hatte er es oft gesagt. Sie meinten es gut mit ihm.

In dieser einen Bombennacht entschied sich Gwendolin für Heine, für ein Buch mit Gedichten, und später im Keller las der Vater im Petroleumlicht zu dem Geräusch der surrenden Fliegermotoren seine Lieblingsstrophe vor: *Ich habe Fisch und Gänsefleisch / Und schöne Apfelsinen. / So gib mir Fisch und Gänsefleisch / Und schöne Apfelsinen,* Gwendolin konnte die Worte nie wieder vergessen, den Fisch und das Fleisch und die vermaledeiten Apfelsinen, die sie damals einfach nicht verstand. Sie konnte nichts davon vergessen, denn anstelle der Mutter, die sich irgendwo im Keller um die Schwangere kümmerte, lauschte eine Ausgebombte, die bei ihrer Schwester untergekommen war und die, wie Gwendolin später erfuhr, in einer der Volksbüchereien arbeitete. Und als die ausgemergelte Bibliothekarin dem Vater ein paar Strophen lang zugehört und einen Blick auf den Buchumschlag erhascht hatte, schob sie angewidert ein einziges Wort durch die bräunlichen Zähne: *Juden-Heine!,* spie sie, aber der Vater sagte nur: *Dichter!,* und merkte nicht, dass er längst im Sterben saß und die hölzernen Deckenverstrebungen des Luftschutzkellers tiefer und tiefer kamen.

Die Frau besah sich den Vater eine Weile, während draußen Flakgranaten explodierten und Sprengstücke auf den Bürgersteig knallten, dann erklärte sie ihm, dass dieser Juden-Heine auf der *Liste* stehe, und Gwendolins Vater beharrte darauf, dass das nicht stimme, weil sich die Verirrten ihre Loreley nicht nehmen ließen, im Leben nicht. Die Bibliothekarin schwieg eine Weile und fragte den Vater dann mit weinerlicher Strenge, warum er nicht im Kriege sei wie ihr eigener seliger Sohn und ob er den Doktor nicht gehört habe vor Wochen im Sportpalast und im Radio. Mag sein, dass da ein kleines Leuchten in die Vateraugen kroch, mag sein, dass er eine Spur zu dankbar auf sein steifes Bein klopfte und zu ausführlich beschrieb, wie ihn eine Verletzung aus Kindheitstagen vor alldem Irrsinn da draußen bewahrte.

Vielleicht hätte in dieser Nacht auch nur die Schwangere fehlen müssen oder die Sirenen, Heine, vielleicht hätte der Luftschutzwart einschreiten müssen oder die Feuerwehr oder der da oben. Aber es gab kein Vielleicht, es gab nur den Tod, der sich in aller Ruhe auf die Stadt fallen ließ, es gab nur die Alten, die mit Gebeten gegen den Lärm der Bomben und der Flieger anschrien, es gab nur das Zittern der Kellerbeine, und zwei Tage später stürmten die Verirrten frühmorgens ins Haus und nahmen den bleich gewordenen Vater mit.

Die Mutter war da noch vollständig vorhanden, sie hatte gute Beziehungen zu dem da oben und küsste ihrer Tochter alle paar Minuten die Stirn. In den Wochen, nachdem sie den Vater abgeholt hatten, spritzte sie sich jeden Morgen Kölnisch Wasser hinter die Ohren. Abends legte sie sich zu ihrer Tochter ins Bett und erklärte leise, dass dem Vater dort, wo er war, nichts passieren konnte, dass es sich auf jeden Fall um ein Versehen handelte und die Dinge bald wieder wären, wie sie zu sein hätten.

Und Gwendolin glaubte ihr, jedenfalls im Stockdunkeln, weil sie dann einschlafen konnte. Nur tags, da wusste sie es besser, dann schaute sie zur Seite und glaubte der Mutter kein Wort. Denn sie hatte in die rohen Augen der Bibliothekarin geblickt, sie hatte ihre fleckigen Hände gesehen, die zu Fäusten geballt waren, als es um Kriege und steife Beine ging.

Und da war noch etwas anderes. Gwendolin hatte den Vater bei seiner Verhaftung nicht allein gelassen, sie war die ganze Zeit an seiner Seite gewesen und später sogar mit auf die Straße gerannt, obwohl die Mutter sie davon abhalten wollte; sie hatte alles gesehen, die wilden, gelangweilten Gesichter, und dass die Männer keine Uniformen trugen. Und als sie in Nachthemd und Hausschuhen auf dem Pflaster stand und in der Nase noch den Brandgeruch der Männerworte trug, als sie in der Kälte immer kleiner wurde und den Wagen verschwinden sah, da verstand sie erst, was ihr zu Augen gekommen war. Der Vater hatte kein einziges Buch mitgenommen.

12

Es waren nicht die Hände. Dabei verstand Gwendolin schon ein paar Wochen nach der Hochzeit, dass Willems Rasierwasserhände zornig und durch nichts zu besänftigen waren, dass sie etwas verhießen und dass sich jeder, der mit Willem zu tun hatte, auf diese Hände verlassen konnte. Denn stets gaben sie preis, was gleich geschehen würde, es war die Art, wie er sie mit aller Kraft ineinandergrub, während der Rest von ihm seelenruhig blieb, und es sah jedes Mal so aus, als würde er sich noch vor der Tat die Hände reinwaschen.

Willem benutzte diese Hände anschließend fast nie zum Schlagen, Schlagen, das war für Weichlinge, nichts für ihn. Nie erhob Willem eine seiner reingewaschenen Hände gegen Gwendolin, nur gegen den Jungen, ein paar Dutzend Mal, aber damit erledigte er Gwendolin gleich mit. Trotzdem waren es nicht die Hände. Das Gefährlichste waren Willems Augen.

Gwendolin bekam lange nichts davon mit. Willem war geschickt darin, diese Augen zu verschweigen, Wochen, Monate, und auch nach der Hochzeit rückte er nicht gleich damit heraus, weil er pausenlos in der Fabrik war und den Umbau überwachte. Gwendolin war in dieser Zeit vor allem damit beschäftigt, durch die Villa zu streifen, das Flüstern des Personals zu überhören und am Ende in der Bibliothek zu landen, wo sie ganz für sich war, wo es nur ihr eigenes Flüstern gab und dann noch dieses angestaubte Sonnenlicht. Jedes Mal setzte sich Gwendolin in einen der Sessel, von dem aus sie die drei dunkelbraunen Regale im Blick hatte, und stellte sich vor, wie sie mit Willem über die Erneuerung des Buchbestands sprechen würde. Es war Zeit, dass sich etwas tat in der Bibliothek, die, das hatte Gwendolin erst nach ihrem Einzug gemerkt, zu einem großen Teil mit den Büchern der Verirrten gefüllt war. Manchmal stand sie auf und schob eine Regalleiter zur Seite, nahm sich ein Buch, las ein paar Seiten und machte Töne, seufzte bei *Wolter von Plettenberg*, stöhnte bei *Tannenberg* und stampfte auf bei *Anilin.*

Willem hatte, als er mit Gwendolin das erste Mal durch das Haus gegangen war, nicht den Eindruck erweckt, die Bibliothek würde ihm viel bedeuten. Gwendolin war sogar kurz davor, die Sache einfach in die Hand zu nehmen und die Bücher nach und nach durch neue zu ersetzen. Aber dann stand ihr Mann eines Tages vor den Regalen und seine Hände gruben sich ineinander wie lechzende Liebende, wodurch die Adern wulstig hervorstanden und die Haut etwas Ungehöriges bekam. Gwendolin wusste da noch nicht, dass es ein Zeichen war, dass es nichts anderes bedeutete als: Stell sofort das Buch zurück, es bleiben dir zwei Sekunden!

Und als seine Hände reingewaschen waren, fingen seine Augen mit der Arbeit an: Sie froren zu, während weiter unten der Mund lächelte, schmunzelte, und als die Augen spiegelglatt waren, da verstand Gwendolin, dass diese Augen nur einen einzigen Zweck hatten: den anderen zu Fall zu bringen. Und Gwendolin fiel, während Willem freundlich sagte, dass sie es *nicht wagen* werde, hier irgendetwas zu verändern. Mit diesem einen Satz war die Sache besiegelt. Die Befreiungskriege und die Besiedlungen und Frankreichfeldzüge, die gebärenden Mütter und schwülstigen Lieben, sie alle hatten in den Regalen zu bleiben, sogar das eine Buch in der üblichen Haushaltsausgabe mit Gebrauchsspuren und Bärtchen.

Vor ihrer Heirat hatte Gwendolin allen Ernstes gehofft, Pirasol würde ihr die Träume nehmen, den brennenden Vater, die brennende Mutter. Sie hatte geglaubt, das Haus würde sie heilen können, und warum auch nicht, immerhin war es eine der Lieblingsbeschäftigungen von Böhlich, in der Apotheke zu sagen: Soll's das gewesen sein, gnädige Frau, oder wünschen Sie noch ein Fläschchen Pirasol?

Böhlich war nicht der Einzige, der der Meinung war, eine Villa könne unmöglich so heißen, das dürfe nur ein Medikament. Aber hier lag ja das Problem, Pirasol war mitnichten ein Medikament, und die Träume wurden in der Villa nur noch schlimmer, vor allem seit den spiegelglatten Augen in der Bibliothek und noch mehr seit dem Tag, an dem Willem zum ersten Mal gezeigt hatte, wozu er in der Lage war.

Willems Bücherverbot war da schon ein paar Monate alt gewesen, und Gwendolin hatte von diesem Vorfall ein so gärendes Alleinsein davongetragen, dass sie, wenn es sich anbot, dem Personal bei den anfallenden Arbeiten half. Sie nahm der Hauswirtschafterin das Glanzplätten ab oder der Köchin die Gemüseabfälle, sie kniete vor den Rosenrabatten oder polierte das Silberbesteck. Es war nicht gerade so, dass ihre Hilfe mit großer Dankbarkeit angenommen wurde, aber die Jahre bei Jacken-Karl hatten Gwendolin ein paar ernstzunehmende Fähigkeiten beschert, weshalb ihre Mithilfe wenigstens misstrauisch geduldet wurde. Und sie mochte die Arbeit, sie mochte es, bei den anderen zu sein, sogar bei der beleibten, mürrischen Tochter der Hauswirtschafterin, die aber meist unter Verschluss gehalten und von ihrer ruhrdeutschen Mutter nur Klöpsken genannt wurde. Alle im Haus nannten sie so, und Gwendolin wusste nicht, wie das unglückselige Mädchen wirklich hieß. Sie hatte auch nie versucht, das herauszufinden, obwohl es das Mindeste gewesen wäre, dem Mädchen seinen Namen zurückzugeben. Welchen auch immer.

Willems Angewohnheit, urplötzlich im Raum zu stehen, hatte Gwendolin von Anfang an Angst gemacht. Diese Angewohnheit war physikalisch schlichtweg nicht zu erklären und hatte Schuld daran, dass Gwendolin pausenlos auf der Hut war, um dann im entscheidenden Moment doch wieder zusammenzuzucken. Und als Willem an diesem einen Abend jäh aus dem Küchenboden wuchs und Gwendolin dabei überraschte, wie sie Zwiebeln in Öl briet, da holte er sie von weit her. Sie hatte sich von dem Zwiebelgeruch außer Gefecht setzen lassen, hatte an die Küche in Wilmersdorf und an die Mutter gedacht. Da stand Willem, grub seine Hände ineinander, und während die Zwiebeln in der Pfanne Trauerränder bekamen, zog sich eine kalte Schicht über seinen Blick.

Dein Personal ist dir nicht gut genug, bemerkte er leise und mit brüchiger Stimme. Am Ende findest du es sogar überflüssig, sagte er und ließ Gwendolin nicht von der kalten Haut seiner Augen. Vermutlich, fuhr er fort, brauchst du es gar nicht, dein Personal.

Gwendolin schwieg, nur einmal drehte sie kurz die Herdflamme ab, sie war ein stummes Mägdelein, sie war nichts. Und als Willem sein Mägdelein abschließend tätschelte und dann flüsterte: Dein Wunsch ist mir Befehl, konnte sie damit nur wenig anfangen und verstand es erst am nächsten Morgen, als Willem sein Personal fast vollständig antreten ließ und einen nach dem anderen entließ:

die Hauswirtschafterin

plus Klöpsken

und die Köchin

und den Hausmeister

und zwei Dienstmädchen

und drei, vier, fünf Gehilfen.

Einzig den Gärtner behielt er, später, viele Wochen später, stellte er neues Personal ein, das aber nicht mehr im Haus wohnte und ein ums andere Mal ausgetauscht wurde, noch bevor es eine Beziehung zu Pirasol oder Gwendolin aufbauen konnte. Außerdem bestand es aus so wenigen Menschen, dass die meiste Arbeit trotzdem an Gwendolin hängenblieb, das Kochen zum Beispiel oder das Säubern vieler Räume.

Willem begründete die Entlassungen mit einem grausam hingesäuselten Satz: *Meine Frau braucht euch nicht, so einfach ist das*, und zwei begannen zu weinen, die Köchin und die hauswirtschaftliche Tochter, und alle, alle gingen sie dann an Gwendolin vorbei und sahen aus, als wollten sie vor ihr ausspucken, während Gwendolin ein stummes Mägdelein blieb, denn was konnte sie schon sagen, und wer hätte es ihr geglaubt?

Erst am Abend versuchte sie, Willem zur Rede zu stellen, ein paar Sätze gelangen ihr, gute, fast gewagte Sätze, sie war nicht mehr stumm, nur leise. Aber Willem überhörte sie großräumig und verließ, als er kein Abendessen vorfand, wortlos die Villa.

Von da an war alles, wie es bleiben sollte, Gwendolin war allein und ein Mägdelein, sie kochte elektrisch, wusch vollautomatisch und bohnerte auf Knien. Sonntags nach der Kirche servierte sie Braten mit heißen Pfirsichen und anschließend Kräuterschnaps, legte sechsmal die Woche den Direktorenanzug bereit und ruhte sich ab und zu im Garten aus. Still war es im Haus, leer war es im Haus, nur an den Samstagabenden nicht, denn da wurde im Salon gefeiert mit Männern und Schnäpsen und Gwendolin war noch mehr allein als sonst.

Aber es stimmte nicht. Willem hatte nicht aufgehört, sanft zu sein. Er brauchte nur richtige Anlässe dafür. Sanft, das war er jeden Morgen, nachdem sie ihn an seine Herztablette erinnert hatte. Es war eine von Gwendolins wichtigsten Aufgaben, ihm sein Medikament zu bringen, über das der Apotheker Böhlich einmal gesagt hatte: Damit wird er mindestens hundert, ein Hoch auf den roten Fingerhut! Und jedes Mal, wenn Willem dank Gwendolin wieder etwas für sein Hundertwerden getan hatte, lächelte er sie väterlich an und drückte ihre Hand, womit seine erste Sanftheit des Tages erledigt war.

Die zweite, letzte ging er dann am Abend an, wenn Gwendolin ihm auf dem mittlerweile gestimmten Flügel Schumann vorspielte, nur die *Waldszenen*, nie die *Kinderszenen*. Willem saß dann in einem der Musikzimmersessel, ließ eine Hand über die Armlehne hängen und dirigierte mit dem Zeigefinger in Richtung Parkett.

Er zahlte ein mehr als großzügiges Taschengeld, machte Gwendolin Geschenke und sein Mägdelein zur Alleinerbin, Jahrzehnte später, als er das Hundertwerden dann doch eingestellt hatte. Und es war all das: seine zwei Sanftheiten am Tag und die Geschenke und dass er kein hässlicher Mann war, wirklich nicht, das alles ließ sie das andere ertragen: diese nie endende Arbeit, die ihr Pirasol aufbürdete, Willems Hände und Augen und dann noch, dass sie allein war. Dass sie niemanden zum Reden hatte.

Willem sprach selten mit ihr, obwohl er während der Feste ein geradezu geschwätziger Gastgeber war. Der Gärtner ignorierte sie, weil er ihr nicht verzeihen konnte, dass der Rest des Personals ihretwegen hatte gehen müssen, und von den späteren wechselnden Bediensteten kannte Gwendolin nicht einmal die Namen. Jeden Donnerstagabend besuchte sie Jacken-Karl und seine Frau, aber auch dort wurde nicht viel geredet, sondern nur Likör getrunken und Waldorfsalat gegessen, sah man mal von Jacken-Karls gewieften Annäherungsversuchen ab, die auch eine Sprache waren.

Jedes Mal schob Gwendolin seine Hand dann wie zufällig zur Seite, ganz so, als hätte sie diese Bewegung ohnehin gerade vorgehabt, und beim nächsten Mal ging sie trotzdem wieder hin. Jacken-Karl war, neben ein paar Blättern Papier, das Einzige, was sie noch von ihrem Vater hatte.

Und immer wäre Stille gewesen, hätte es nicht diesen Laden in der Unterstadt gegeben. Einmal in sieben Tagen brachte Gwendolin ihr Taschengeld und alle angestauten Worte in *Fallingers Bücherstube*, wo sie Tee bekam und das einzige richtige Gespräch der Woche, eine Unterhaltung mit den Ladenbesitzern und ihrer jungen Tochter Hanne. Die Bücher, die sie erstand, lagerte sie in einer kleinen Kammer, die vom Waschkeller abging. Manchmal blätterte sie in ihnen, aber für ein genaueres Lesen fehlten ihr Zeit und Mut. Sie wollte die Bücher in ihrer Nähe wissen, und gleichzeitig fürchtete sie sich vor ihnen, weil ihr die missglückte Rückkehr des Vaters gezeigt hatte, dass man sich am Ende nicht auf sie verlassen konnte und dass sie niemanden beschützten.

Und die Tage rissen wie Papier, in der Villa roch es nach Bohnerwachs und Rasierwasser, nach gestärkter Wäsche und eingelegten Gurken. Gwendolin sah die Jahre vergehen und Willem die Hosen wieder hochziehen, satt, erschöpft, und ganze Zeiten ging das so, Zeiten, in denen Hände gerieben wurden und graue

Augen zufroren und die Träume bei ihr blieben, Mutterträume, Vaterträume, und weiter ging das so und weiter und hörte auch nicht auf, als Gwendolin merkte, dass sie nicht mehr allein war. Als sie merkte, dass ihr der Junge bevorstand.

13

Hör auf, bitte!, ruft Gwendolin und zittert dabei. Hör auf damit.

Anders begreifst du's nicht, sagt Thea.

Ich versteh schon, entgegnet Gwendolin. Ich komme hier nachts nicht mehr raus. Ich kann nicht mehr nach draußen in den Garten und nicht mehr runter in den Keller gehen. Nachts kann ich das alles nicht mehr machen. Das versteh ich auch, wenn du nicht auf den Tisch haust.

Gwendolin, trägt Thea mit ihrer borstigen Stimme vor. Wir wollen uns doch nicht streiten. Was wir kriegen werden, ist das Sorglos-Set. Bewegungsmelder, Öffnungsmelder, die preiswerte Ausführung. Das ist nichts, wovor man Angst haben muss.

Gwendolin will es nicht sagen und sagt es doch: Und

was, wenn ich nicht zurechtkomme? Wenn ich nachts in den Garten will und der Alarm geht los?

Schätzchen, wie gesagt. Dann bleibst du nachts drin. Das kann schon passieren, dass der Alarm losgeht. Da muss man sich auskennen. Ich werde dir den Code aufschreiben, wenn es so weit ist. Am besten bleibst du drin. Ich habe sowieso nie verstanden, was du nachts im Garten willst.

Ich bin gern dort, wenn ich nicht schlafen kann, antwortet Gwendolin. Nachts bin ich gern dort.

Sie schluckt jetzt und sie merkt etwas, sie merkt, sie wehrt sich gerade. Aber sie weiß noch mehr: dass es vollkommen gleich ist, ob man sich wehrt oder nicht, weil es allein darum geht, ein Mensch zu werden, dem man es abnimmt, dass er sich wehrt. Ein anderer Mensch, nicht sie.

Wenn du rauswillst und ich noch wach bin, dann kannst du mich fragen, sagt Thea. Dann helfe ich dir mit der Anlage.

Du gehst um neun ins Bett, denkt Gwendolin und sagt danke. Dann schweigt sie mit dem Zeigefingernagel kleine Kratzer in den Küchentisch, atmet ein, aus, flüstert:

Trotzdem, nein.

Da schlägt Thea wieder auf den Tisch.

Schluss!, brüllt sie und wird dann wieder tiefer, leiser: Das ist kein Spaß hier. Wir sind in Gefahr. Deshalb kommt Piet nächste Woche. Und noch was. Ich vermisse eine Bluse. Aus Seide. Rot mit kleinen weißen Punkten. Du siehst da schleunigst nach.

Wenn du dich hier fürchtest, sagt Gwendolin, wenn du Angst hast, wenn du hier nicht mehr sein willst, dann kannst du –

Kann ich *was*?, fährt ihr Thea ins Wort.

Gwendolin versucht es wenigstens, sie sagt: Du musst hier nicht mehr, du kannst, wir wissen doch beide, dass –

Da springt Thea so heftig auf, dass ihr Stuhl nach hinten kippt und zu Boden fällt. Sie nimmt ein Milchkännchen vom Tisch, wirft es nach unten neben den Stuhl und eilt dann mit großen Schritten aus der Küche, ohne sich die Mühe zu machen, auch noch mit der Tür zu knallen.

Gwendolin bleibt übrig und denkt an die Bluse mit den Punkten, sie denkt, dass sie Ruhe haben wird nach all dem Lauten, weil Thea die nächsten Tage nicht mit ihr reden und auch Gwendolins Grüße nicht erwidern wird, sie seufzt, schließt die Augen.

Und sieht den Jungen.

14

Die Briefe setzten ein, als man den Vater schon weitergereicht hatte, auf den Briefen, die er ab Juni dreiundvierzig schickte, stand *Konzentrationslager*, stand *Sachsenhausen*, stand *Oranienburg bei Berlin*. Oben, rot.

Die Mutter war vorher ständig nach Moabit gefahren und hatte den Vater zweimal im Zuchthaus besuchen dürfen, was eine Schande war, verglichen mit dem Immerzusammensein, das die Eltern vorher gehabt hatten, und ein Fest, verglichen mit dem Niemehrsehen, das danach kommen sollte. Drei Monate hatte die Mutter ernsthaft geglaubt, dass sie ihren Mann da wieder rausholen könnte, und abends spielte sie Klavier, roch noch nach dem Kölnisch Wasser vom Morgen und erzählte Gwendolin von ihrem Tag, der vor allem aus einem bestand: Kontakte zu nutzen. Die Mutter setzte sich in verschonte Kirchen, um den da oben zur Vernunft zu bringen, sie suchte Verirrte auf, die sie vor der Zeit der doppelten Kalenderführung unterrichtet hatte, sie suchte überhaupt alle auf, die ihr hilfreich vorkamen. Aber jeder Einzelne, einschließlich dem da oben, bedauerte freundlich und ließ den Vater sein, was er nun mal war: verschollen. Adresse bekannt.

Die Briefe aus Sachsenhausen waren so etwas wie ein Startschuss für Gwendolins Mutter, ein Schuss, der sie langsam, aber unaufhaltsam traf. Sie suchte zwar weiterhin nach Leuten, die dem Vater helfen konnten, und sie trug weiterhin ihr Kölnisch Wasser, wenn auch nicht mehr jeden Tag. Aber immer häufiger vergaß sie, den bereitgestellten Koffer in den Keller mitzunehmen, wenn der Alarm in hohen Wellen kam. Sie vergaß, Brot in die Tasche mit den Getränken zu packen, vergaß, abends die Fenster zu verdunkeln, und war, was ihre täglichen Schlachten betraf, verbissen geworden.

Die Briefe nahmen der Mutter das Leise. Jedes Mal, wenn sie wieder einen gelesen hatte, schimpfte sie und schrie: Was haben die mit ihm gemacht!, oder: Was sind das nur für Briefe, was schreibt er denn da? Dabei waren die Briefe eher harmlos, Gwendolin hatte sie alle gelesen. *Meine Lieben daheim*, stand da, *nun will ich Euch wieder einmal schreiben*, stand da, *schickt mir Zahnpasta*. In jedem Brief schrieb der Vater, er sei *bei guter Gesundheit*, und schon das konnte die Mutter auf die Palme bringen.

Was schreibt er nur? Was sind das für seichte Sätze?

Am meisten ärgerte sie aber das, was der Vater unter jeden seiner Briefe setzte, ständig endeten sie mit: *Und geht wieder einmal ins Theater!* Danach stand dann: *Ich empfehle Euch dringend Hebbels* Nibelungen, *sehr hübsch und erbaulich ist besonders der erste Akt,* oder: *Ich empfehle Euch dringend Kleists* Prinz von Homburg, *sehr hübsch und heroisch ist besonders der dritte Akt,* oder *Schillers* Wilhelm Tell, *dringend,* oder *Shakespeares* Was ihr wollt, *dringend,* und alles sehr hübsch und sehr irgendwas. Hinter jeden Akt hatte er noch die Szene und den Vers geschrieben, die er meinte, so wie früher, wenn er aus seinen geliebten Theaterstücken zitiert und die Zeilen mit den genauesten Angaben versehen hatte.

Die Mutter war keinesfalls der Meinung, dass diese Gepflogenheiten von früher dringend nötig oder auch nur angemessen waren, und was denkt er sich nur, schluchzte sie, was denkt er sich denn bloß? Gwendolin wusste damals nicht, was das hieß, *Oranienburg-bei-Berlin,* sie wusste höchstens, dass der Vater dort, wo er sich als Verschwundener aufhielt, etwas verloren hatte, eine ganze Menge sogar und am meisten seine tobende, unleserliche Schrift. An deren Stelle hatte er sich ordentliche Kinderbuchstaben verordnen lassen, die etwas Harmloses, Gespenstisches hatten.

In den Jahren vor dem Fisch und den Apfelsinen war ihr Vater bekannt gewesen für seine seitenlangen

Briefe, die vielen als Meisterwerke galten. Wenn Gäste da gewesen waren, hatte sich mindestens einer für einen Brief bedankt, und Gwendolin wusste, wie solche Briefe aussahen, weil sie dem Vater manchmal beim Schreiben zugesehen und sich gewundert hatte, warum er nur Papier ohne Zeilen benutzte und sich weigerte, seine Schrift auf gezogenen Linien abzulegen.

Die Briefbögen aus Sachsenhausen hatten blassrote Zeilen, und der Vater schrieb höchstens eine halbe Seite voll, mit der Schrift eines aufgeräumten Fremden, nur manchmal ließ er drei oder vier Buchstaben unter die Zeile rutschen, drei oder vier Buchstaben, in denen er noch der Alte war. Gwendolins Mutter zerknüllte trotzdem jeden einzelnen Brief, und es schien ihr keineswegs klar zu sein, was sie da zerknüllte. Und wen.

Nur eines war sicher: dass diese Briefe als Lebenszeichen nicht viel taugten. Die Mutter machte sich noch nicht einmal die Mühe, sie aufzubewahren, sondern warf sie, sobald sie von ihren traurigen Händen besiegt waren, einfach auf den Boden. Und Gwendolin hob sie auf. Strich sie glatt, stapelte sie.

Brief
für
Brief
für
Brief.

Die Mutter erteilte damals immer noch Klavierstunden, auch wenn es fast niemanden mehr gab, dem in diesen Zeiten noch nach Musik zumute war. Wasserwellen trug sie schon lange nicht mehr und Kölnisch Wasser nur noch, wenn es sie überkam, weil ihr vielleicht kurz wieder der Sinn nach Dasein stand. Lebzeiten vergingen, ganze Jahreszeiten seit dem Abtransport, und es kam dieser Nachmittag, als die Mutter wieder auf der Jagd und draußen schon lange Winter war und Gwendolin alle Briefe des Vaters las und es begriff. Auf einmal war es klar, alles.

Sie zog Bücher aus dem Regal, Kleist, Shakespeare, Hebbel, Schiller, sie wusste, dass sie zu den Erlaubten gehörten, zumindest mit einigen Stücken, denn manchmal war der Vater in die Wohnung gestürmt, hatte die neuen Spielpläne der Theater verlesen und gerufen: Hebbel würde sich im Grabe umdrehen!, oder: Kleist würde sich gleich noch mal erschießen!, oder: Sie können sich ihre Theater ja nicht aussuchen! Und vor zwei Jahren hatte er sogar erzählt, dass sie jetzt Shakespeare verboten hätten, nur um ein Jahr später zu verkünden, Shakespeare, der sei jetzt auch wieder ein Erlaubter.

Gwendolin schlug ihn auf, *Was ihr wollt*, erster Aufzug, dritte Szene undsoweiter, und geht wieder einmal ins Theater! Und da stand es: *der Gram zehrt am Leben*, sie schlug Hebbel auf, erster Akt, erste Szene undsoweiter, und da stand es: *Nicht in der Kammer, wo die*

Toten stäuben, sie schlug Schiller auf, und da stand es: *Mich drücken schwere Sorgen*, Kleist schlug sie auf, und –

Nur ich allein, auf Gottes weiter Erde,
Bin hülflos, ein Verlassner, und kann nichts!

Da ging es los. Sie weinte. Nicht so wie in den letzten Monaten, als sie noch nichts wusste, sie weinte wie eine, der sich alles gezeigt hat, Gwendolin weinte, weinte so lange, dass sich irgendwann ein glimmender Schleier auf ihre Augen legte, und dahinter konnte sie den Vater klar und deutlich sehen, den Hemdkragen, der oben aus dem Pullover herausschaute, sie konnte ihn riechen, Seife, Seife, fast kein Schweiß. Sie weinte und weinte und ließ die Bücher fallen,

  Kleist,

    Hebbel,

      Shakespeare,

    Schiller,

es waren kleine Bücher, nur wenig größer als eine dreizehnjährige Hand, und Gwendolin zog neue Bücher aus dem Regal, neue Namen, Bloch und Feuchtwanger und Musil, *meine schönen verbrannten Bücher*, wie der Vater einige dieser Exemplare einmal genannt hatte, obwohl sie ja noch da gewesen waren, von Asche keine Spur. Gwendolin blätterte, fand überall die unwirsche Schrift ihres Vaters, *Sieh an!,* stand am Rand oder *Unfug!,* und sie weinte und weinte und zitterte dann ein blau-goldenes Buch aus dem Regal, Oscar Wilde,

Band zwei, darin: *Bunbury oder die Bedeutung des Ernstseins.* Sie blätterte und sah, dass ihr Vater im Buch an vielen Stellen das *e* zum *i* und dadurch Gwendolen zu Gwendolin gemacht hatte, dreißig-, vierzigmal, in lila gewordenem Kopierstiftgrau, *Gwendolen!, Gwendolin!,* stopp, stopp, sie hörte auf zu weinen.

Und sie wusste nicht, dass es die letzten Tränen waren, die ihr noch im Gesicht klebten, sie wäre im Traum nicht darauf gekommen, dass es ihre allerletzten Tränen waren, aber genauso verhielt es sich, sie würde nie mehr weinen, sie hatte aufgehört zu weinen. Für immer.

Sie weinte nicht, sie las. Und wenn sie am Regal stand, wenn sie in den Büchern blätterte mit den lilagrauen Wörtern am Rand, dann war ihr Vater gar nicht weg, dann war er noch da, jetzt und hier und für alle Zeit. Sie würde die Bücher lesen, ob sie sie verstand oder nicht, und wenn ihr Vater irgendwann wiederkäme, leibhaftiger als jetzt, dann würde sie mit ihm all die Buchgespräche führen, auf die er gerade verzichten musste.

Gwendolin schnäuzte sich ein letztes Mal in ein lange nicht gewaschenes Taschentuch und holte dann alle leeren Schulhefte, die sie finden konnte. Darin listete sie die Buchtitel auf und ließ unter jedem Platz für Notizen, Tage dauerte das, Wochen, und der Vater rückte näher, während die Mutter gehetzter wurde und aussah, als erdrückte sie der da oben mit seiner ganzen Abwesenheit.

Wenn Gwendolin die Liste schrieb, war sie sicher. Dann war sie so gut wie aufgehoben. Die Titel und Namen gingen ihr leicht von der Hand, der Vater hatte die Bücher alphabetisch geordnet, als wäre schon früher klar gewesen, wofür das noch mal gut sein würde. Nur bei einem der Werke zuckte sie zusammen, Wintermärchen!, dachte sie wütend, wobei sie nicht wusste, auf wen sie wütender war, auf sich oder auf das Buch, und später, als die Liste fertig war und Gwendolin lesend am Regal lehnte, ging die Mutter kein einziges Mal darauf ein. Dabei hatte sich Gwendolin sonst nie für die Sammlung des Vaters interessiert und nur in den Bombennächten ein Buch aus dem Regal genommen, in alten Zeiten, als der Alarm noch für drei bestimmt war.

Die Mutter merkte nichts davon. Sie saß einfach nur am schwarzen Klavier, spielte lustlos Schumannstücke und sagte hin und wieder schwach: Da kommt kein Brief mehr, Kind. Und wirklich. Da kam nichts mehr.

Ab November blieben die Briefe aus und mit ihnen die doppelten Böden, von denen die Mutter noch nichts ahnte, oder doch, es war sogar wahrscheinlich, dass sie die doppelten Böden von Anfang an still erkannt hatte und damit dann auf ihre Art fertigwurde, es war ihr jedenfalls nie etwas anzumerken gewesen. Überhaupt ließ sie sich einiges nicht mehr anmerken in dieser Zeit, ihre Verbindungen zu dem da oben zum Beispiel oder dass sie ein Kind hatte, direkt vor ihrer Nase und kein bisschen verschollen.

Aber Gwendolin brauchte keine Briefe, sie hatte ja die Bücher, in denen sie jeden Tag las, weiter und weiter. Und die Mutter ging und kehrte zurück und schritt ruhelos durch die Wohnung, ohne wirklich da zu sein. In kleinen Portionen verschwand sie, nach und nach, bis sie Ende Januar dann ganz ausblieb, so wie die Briefe des Vaters, so wie das Gute, das vor Jahren hier geherrscht hatte. Sie war am Abend noch einmal losgezogen, um irgendwo vorzusprechen, mit wildem Haar und rotgefleckten Wangen, sie hatte sich nicht einmal einen Schal umgebunden, vielleicht, weil sie ahnte, dass es ohnehin bald heiß werden würde.

Ausgerechnet in jener mutterlosen Nacht im Luftschutzkeller hatte jemand vom Feuersturm in Lübeck erzählt, wo die Luft nach den Angriffen so heiß geworden war, dass die Menschen zu Winzlingen von Leichen verdampften, kleinen, finsteren Zwergen, und Gwendolin hatte sich nach ein paar Sätzen die Ohren zugehalten und gezittert wie sonst auch, wenn draußen die Flieger und die Bomben schrien. Aber zu spät, auf ewig zu spät. Und als die Mutter am nächsten Morgen immer noch nicht zurückgefunden hatte, war sie für Gwendolin schon zur Zwergin geworden, die auf irgendeiner Berliner Straße geblieben war und ein Grab in den Feuern hatte, für immer ein Grab ohne Blumen.

15

Am schlimmsten war die Stille. Als die Mutter weg war, breitete sich in der Wohnung und in Gwendolin eine neue, tickende Stille aus, die mit der von früher nichts mehr gemein hatte. Als die Mutter weg war, kam Gwendolin gar nicht erst auf die Idee, dass sie zurückkommen könnte. Sie hatte die Nachtbomben gehört und am Morgen Verschwundenes in der Nase gehabt, Asche, Feuer, Asche, nein, sie konnte sich nicht vorstellen, dass die Mutter davongekommen war. Trotzdem wartete sie auf sie.

Gwendolin ahnte damals noch nicht, dass sich auf Millionen von Arten warten ließ, sie wusste höchstens, dass man *ohne* Hoffnung und *mit* Hoffnung warten konnte, auf den Vater zum Beispiel, ganz gleich, wie lange seine Briefe her waren. Der Vater würde es kaum wagen, fortzubleiben, nicht nach all den Büchern, die sie schon für ihn gelesen hatte. Obwohl sie erst bei B war.

Bogdanow,
Brecht,
Brod.

Sie verstand nur wenig davon, höchstens einzelne Abschnitte, und sie wusste auch mit ihren Notizen nur wenig anzufangen, alles war verzwickt und erwachsen. Trotzdem war der Vater einer, auf den man warten konnte, der sich herbeilesen ließ, und etwas anderes gab es ohnehin nicht zu tun. Bis vor kurzem war Gwendolin noch zur Schule gegangen und hatte im letzten Jahr ganze drei Schulen verschlissen. Sicherlich war auch die vierte zerbombt jetzt, aber sie ging ja sowieso nicht mehr hin.

Stattdessen las sie. Und wenn die Stille zu groß wurde, setzte sie sich ans schwarze Klavier und spielte all den Schumann, den die Mutter ihr beigebracht hatte, jedenfalls die Hälfte davon, die *Waldszenen*. Gwendolin war vierzehn jetzt und lebte von harten Brotkanten und verdorbenem Ersatzkuchen aus Rüben und Kartoffeln. Nachdem sich die Mutter in Asche aufgelöst hatte, versuchte Gwendolin von allem zu leben, was in der Küche noch zu finden war, und aß jedes Mal nur wenige Bissen. Und doch waren schon bald alle schimmelnden Kanten und Möhrenschalen vertilgt und keine Marken aufzutreiben, kein einziger Kartoffelabschnitt, nichts. Die Mutter musste alle mitgenommen haben auf ihrer Reise ins Feuer.

Gwendolin konnte sich nicht erinnern, wann sie das letzte Mal keinen Hunger gehabt hatte, Jahre musste das her sein. Aber jetzt war der Hunger eine Kraft geworden, die ihre Brust lodernd nach hinten drückte, die sich gierig in ihren Körper fraß und ihr die Sicht nahm. Ihre Arme und Beine hingen einfach nur am Rumpf, viel zu lang und zu dünn. Sie waren, mit all den schwachen, aufgeweichten Knochen, für nichts zu gebrauchen, nur noch zum Einknicken. Und das tat Gwendolin auch, nachdem sie tagelang überhaupt nichts mehr gegessen und sich mühsam von dem abgewetzten Ohrensessel des Vaters erhoben hatte, das tat sie auch: Sie knickte einfach ein. Der Hunger zog ihr die Beine weg.

Als sie es nach vielen vergeblichen Versuchen dann doch bis in Treppenhaus schaffte, zog sie sich keuchend am Geländer hoch, klopfte an Türen, wartete und merkte, dass sie kaum noch Kraft zum Sprechen hatte. *Der Vater und die Mutter sind nicht mehr da*, stieß sie matt hervor und sah den Menschen in die Korridore und ins Gesicht. Die Wohnungen waren verschwommen und schienen voller zu sein als sonst, hinter ihren Nachbarn lauerten unbekannte Fratzen, aber da war niemand, der ihr helfen konnte. Die Türen gingen auf und fielen bedauernd wieder zu, auf dem Weg nach oben und nach unten, und auch die Tür von

Samuel Weinreb, linksseitig im Erdgeschoss, wurde von einer fremden Frau zugeschlagen.

Später zog sich Gwendolin wieder nach oben, das glatte Holzgeländer unter den Händen, und ließ sich nach langen Zeiten in den Ohrensessel fallen. Sie war zu müde jetzt, sie war zu Ende jetzt, dämmerte irgendwann weg und wachte erst auf, als draußen jemand gegen die Tür hämmerte.

Es dauerte viele Minuten, bis es Gwendolin endlich ins Treppenhaus geschafft hatte.

Und da stand sie. Da stand die Frau, die in Samuel Weinrebs Wohnung lebte, jene Frau aus dem Erdgeschoss, die wie die anderen Bewohner ihre Tür zugeschlagen hatte. Mit ausufernden Armen umklammerte sie einen Korb, stellte sich nicht vor und begann ihre Rede mitten im Satz. Während sie sprach, schaute sie nur den Korb an und sagte mit angsterfüllter Geschwindigkeit: und ein Viertel Ersatzbrot, Haferflocken ein halbes Pfund und zwei Kartoffeln, die müssen erst einmal reichen, morgen gibt's einen Schlag Suppe, und hier, ein bisschen Fett, aber teil es dir ein, es ist wenig, Wurst leider nur ein Zipfelchen, ein Rest Quark, mit dem fängst du am besten an, und in den nächsten Tagen kümmern wir uns um deine Marken, am besten gleich morgen, ja, so machen wir das, und hier ist Kernseife, die hab ich neulich noch gekocht, und Watte, mein Kind, für die unpässlichen Zeiten, falls du die überhaupt schon hast, oder falls du die *noch* hast, bei vielen von uns reicht's ja nicht mal mehr für Unpässlichkeiten, der ganze Hunger und die Bomben, aber was sag ich, eine Sorge weniger, und Verdunkeln nicht vergessen, Kind, *Licht ist das sicherste Bombenziel*, und bete, dass sie niemanden bei dir einquartieren, bis jetzt hab ich auch Glück gehabt, hier, Panflavin, falls der Hals wehtut, und eine Nachtjacke, Kindchen, wirst sie brauchen, ist schön warm, und da noch ein ganzes Ei, das ist klein, aber trotzdem, und eine Winzigkeit Zucker, mit Klumpen, leider, und wenn du etwas zu flicken hast –

Es war keine schöne Frau, die da vor ihr stand und Gwendolin erst ansah, als sie den Korb auf den Boden gestellt und ihr die angegraute Watte und zwei hellblaue Milchmarken in die Hände gedrückt hatte, es war keine schöne Frau, die *Winzigkeit* gesagt hatte und gleich nach ihrer Rede wieder verschwand und von da an immer wiederkam und sie jahrelang kärglich und mit Blick nach unten versorgte. Es war eine Frau mit hängendem Gesicht und großen Schweißflecken unter den Armen, obwohl noch Winter war, kein Grund zu schwitzen, eine Frau mit einer Stimme, die sich ständig überschlug, eine Nachbarin mit lockigem Haar und teuren Spangen rechts und links, eine Unbekannte, die sich anscheinend das Ziel gesetzt hatte, Gwendolin am Leben zu erhalten, koste es, was es wolle, und die sich fortan durch nichts auf der Welt davon abhalten ließ.

Und während die lockige Fremde von unten links

jeden Tag schnaufend in den dritten Stock hinaufstieg und sich um sie kümmerte, fuhr Gwendolin mit dem Warten fort, von morgens bis abends bis morgens wartete sie. Sie hoffte sich durch die Tage und die Nächte, sie wartete sich wund und müde, wartete, wenn sie wachte und wenn sie schlief, wartete sogar dann, wenn sie kurz vergessen hatte zu warten, allein oder im Beisein der Erdgeschossfrau wartete sie, lauerte sie, hielt sie Ausschau und merkte nicht, dass ihr Warten mit den Monaten immer kleiner wurde, so wie ein Greis, der längst über der Zeit war. Erst im Herbst vierundvierzig, als es sich vollends aufgelöst hatte, konnte Gwendolin nachträglich fühlen, wie es langsam immer weniger geworden war. Sie wusste, es war vorbei. Sie wartete nicht mehr.

Die Mutter war fort und auch der Vater würde nicht mehr wiederkommen, er würde bleiben, wo er war, an einem Ort, an dem das Briefpapier ausgegangen war. Trotzdem las sich Gwendolin weiter durch sein Alphabet, so wie sie ohnehin alles nur noch automatisch tat, essen, Schumann, atmen, und nachts wachte sie und wartete nicht und blieb zweimal bei Alarm einfach liegen, froh, dass die stockdunkle Stille durch die Bomben zerhackt wurde, und sogar tags fielen jetzt die Bomben, tags zogen Schwärme von Flugzeugen über den Himmel, am Tag, da wurde es Winter und später Frühling.

Und im Frühling sagte die Frau, die leibhaftig in

Samuel Weinrebs Wohnung lebte und bei wirklich allen Temperaturen schwitzte: Das wird nichts mehr mit Berlin, mein Kind, hier wird überhaupt nichts mehr, Mädel, wir haben uns ein bisschen übernommen.

Nur, die Frage war ja: Kümmerte das noch wen? Nein, das kümmerte keinen mehr.

16

Vom Friedhof aus kann sie den hageren Turm der Papierfabrik sehen, wenn sie vor Willems Grab steht, erkennt sie die ausgedienten Kessel und die Gebäude, die nach dem Verkauf der Fabrik dazugewachsen waren. Schlaf, Willem, flüstert sie, schlaf und kümmere dich nicht, wer weiß, was es bedeutet. Sie muss aufpassen, wenn sie so dasteht, weil sie jeder ansprechen kann, wenn sie so dasteht, vor allem die von der Friedhofsverwaltung, die jeden April aufs Neue fragen, ob sie diesmal nicht doch etwas pflanzen wolle. Also holt sie ihr Kissen aus der Tasche und flieht in die Hocke, zentimeterweise wird sie kleiner und stützt dann die Hände auf den Boden, kniet sich aufs Kissen und sieht, was es auch von oben schon zu sehen gab: einen großen Schuhabdruck, tief und mittig in das braune Bett gedrückt, darin ein Stück zerknülltes Papier, weiß, grau, alt. Und Gwendolin kümmert sich um das Papier wie jedes Mal, sie seufzt, sie wünscht sich ein Verborgensein und ist schon mit einer Hand im Grab, hat die Hand in den Schuhabdruck gelegt und lässt sie ruhen dort für lang, bis dann wirklich jemand hinter Gwendolin steht und ihr gebogener Rücken zu ihm sagt: Nein, bitte, auch in diesem Jahr keine Blumen.

17

Thea hat einen Januskörper. Gwendolin weiß das, seit sie sie das erste Mal von hinten sah, an diesem Friedhofsnachmittag vor zwei mal sechs Jahren. Sie weiß das, seit sie beide miteinander verglichen hat, Thea von hinten, Thea von vorn. Von hinten war sie schon damals dreizehn Jahre alt, zart wie ein Klosterknabe, nichts für einen windigen Seetag. Noch immer spielt Thea von hinten ein Kindswesen mit feinen Gliedern und grauem Haar, sie spielt etwas Halbes, von dem nichts besonders Böses ausgeht.

Von vorn aber ist Thea eine andere Sache, von vorn kann man verbissene Jahre erkennen, mehr als die siebzig, die sie bis jetzt verbraucht hat. Schon damals auf dem Friedhof, als Thea noch keine sechzig und ausgesprochen gut zu Fuß war, zeigte sie sich als

Altgebliebene, mit einem Gesicht, das spöttisch war und bitter und den Körper von vorn gleich mit altern ließ.

Und Thea redet, von hinten wie von vorn spricht sie, aber anders als damals der Vater, überhaupt nicht liebevoll. Beim Reden fuchtelt sie mit den Armen und dirigiert all das Kleine, das sie zu sagen hat, größer. Dabei muss ihr klar sein, dass es all diesen Versuchen und ihrer großen, tiefen Stimme zum Trotz klein bleiben wird, klein und spitz.

Damals auf dem Friedhof konnte Gwendolin nicht ahnen, wie schwer ihr diese Stimme eines Tages im Herzen liegen würde, obwohl sie sie von Anfang an nicht mochte. Und es sprach tatsächlich einiges dagegen, sich diese Stimme ins Haus zu holen, dieser ganze Mensch sprach dagegen, der es auf Gwendolin abgesehen hatte mit Kuchengeschenken und einer kalt glasierten Freundlichkeit.

Trotzdem kam es so, dass Gwendolin mit der Zeit ihren Widerwillen und den Drang nach Fluchtversuchen regelrecht vergaß, weil sie merkte, dass sie an den Friedhofsnachmittagen weniger allein war und dass sie es für kurze Zeit verlor, dieses pausenlos ungute Gefühl, als stünde etwas Finsteres an. Die Friedhofskulisse tat ein Übriges, Willems Grab war nun mal das Erste, das das Leben für Gwendolin gescharrt hatte. Ihre anderen Toten mussten ohne gültige Gräber auskommen, die eine mehr, die anderen weniger. Wenn man ein Grab hatte, wurde es Zeit. Wenn man ein Grab hatte, fing man selber zu sterben an.

Und als Thea nach einigen Monaten und Kuchengeschenken mit der Sprache rausrückte und Gwendolin vorschlug, dass man, liebe Frau Suhr, doch zusammenwohnen könnte, weil vieles dadurch einfacher würde, liebe Frau Suhr, da dauerte es nur noch zwei weitere Monate, bis Gwendolin ja sagte. Von diesem Ja an wurde alles schwerer, und jahrelang schüttelte Hanne, die längst die Inhaberin von *Fallingers Bücherstube* war, den Kopf.

Schick sie fort, sagte Hanne jahrelang. Fort mit ihr.

Nein, ich kann nicht. Da ist etwas, ich bin für etwas – verantwortlich. Ich kann nicht, ich hab ihr etwas getan, wirklich, es geht nicht.

Thea zog ein mit wenig Gepäck. Damals hatte Gwendolin noch zwei viel zu große Zimmer im Erdgeschoss bewohnt, und es war nicht der Rede wert gewesen, eins davon herzugeben. Zwei von Theas Begleiterinnen hatten ihre missmutigen, aber unverschollenen Söhne vorbeigeschickt, die Gwendolins Möbel aus dem einen ins andere Zimmer beförderten und dann die Räume in den oberen Etagen nach Passendem für Thea durchsuchten. Schon damals, noch bevor Theas Bemerkungen einsetzten, hatte Gwendolin gewusst, dass es nicht gut war und dass sie dabei war, Pirasol zu verlieren.

Theas Bemerkungen breiteten sich schon nach wenigen Tagen in der Villa aus, Feststellungen, Beschwerden und gute Ratschläge, alle mit eingecremtem Lächeln vorgetragen. Thea riet zu mehr Gemüse und angemessener Laune, verteilte Aufgaben und bestimmte die Sorte Seifenpulver, die Gwendolin beim Waschen benutzen sollte. Gleich in der ersten Woche verlangte sie, dass Gwendolin die Schale mit Konfekt vom Küchentisch entferne, weil man, liebe Frau Suhr, die Gesundheit schließlich selbst in der Hand habe, und denken Sie nur an den vielen Zucker! Thea konnte gar nicht mehr damit aufhören, Bemerkungen zu machen, sie bemerkte den ganzen Tag, und am liebsten nannte sie Gwendolin eine Miesepetrige, die gar keinen Grund habe, miesepetrig zu sein.

Zwei Jahre sagten sie noch Sie, Frau Suhr, Frau Hartwig, und als sich das Du nicht mehr vermeiden ließ, wurde Pirasol nur noch grauer, poröser. Ebenso lange dauerten Theas Kuchen, zwei Jahre, in denen Gwendolin jedes Mal aufs Neue überrascht war, wenn sie eines dieser zuckrigen Geschenke auf dem Küchentisch vorfand, ungesünder als jedes Konfekt. Die Kuchen und das *liebe Frau Suhr* hörten erst auf, nachdem Gwendolin Thea zum ersten Mal halbherzig darum gebeten hatte, ihre Sachen zu packen und das Haus wieder zu verlassen. Von dieser Bitte an entzog ihr Thea ihre Gaben und verwies noch auf das Wohnrecht, das die Erbin von Pirasol ihr mündlich erteilt hatte, um dann nach wochenlangem spöttischem Schweigen *Gwendolin* zu ihr zu sagen, so als wäre nichts geschehen, und weiter ging das so und weiter, der Spott und das Schweigen, und bis heute deutet nichts darauf hin, dass Thea das Haus je wieder verlassen wird.

18

Als die Erdgeschossfrau vor Gwendolins Tür stand und sagte: Mädchen, komm jetzt, der Russe ist hier, da stieg aus dem Hinterhof schon Fliederduft bis zur Küche hoch. Es war Freitag und April, kein Mai, kein Strom, kein Wasser, und draußen in den Fenstern hingen weiße Unterhemden und finstere Blicke, komm jetzt, wiederholte die Frau und sagte ausgerechnet jetzt, dass ihr Name Liddy sei. Auf dem Weg in Samuel Weinrebs Wohnung stellte sich Gwendolin Stufe für Stufe diesen einen Russen vor, von dem schon im Keller so oft die Rede gewesen war, flüsternd, ängstlich, und der eine große, dunkle Masse sein musste, vor der man sich in Acht zu nehmen hatte.

Gwendolin war seit Ewigkeiten nicht mehr in Samuel Weinrebs Wohnung gewesen, das letzte Mal mit acht

Jahren, als sie krank und der Arzt schon kurz davor gewesen war zu verschwinden. Die Eltern hatten sie damals heimlich in der Nacht nach unten getragen, weil es schon lange verboten gewesen war, durch Samuel Weinreb gesund zu werden. Gwendolin hatte sommerlich und fiebrig geschwitzt und sich von der Untersuchungsliege aus im Behandlungszimmer umgesehen, das blassgelb gefliest und reinlich und voller Stempel und Lampen und Fläschchen war, ein Schrank, eine Waage, ein Schreibtisch.

Fast ein halbes Leben lang war sie nicht mehr in diesem Behandlungszimmer gewesen und wurde jetzt dort hineingeschoben, in diesen dunklen, kalten Raum, und als Frau Liddy eine Petroleumlampe holte, da war alles neu. War alles kaputt.

Im schwachen Licht hatten die Fenster keine Scheiben mehr und waren notdürftig mit Brettern vernagelt, nichts Besonderes, die meisten Fenster sahen mittlerweile so aus. Aber im Lichthauch lagen Stühle und Bücher und Scherben, Farbe klebte an den gelben Fliesen, *Jud* klebte an den Fliesen, *verrecke*. Der Raum war ein Trümmerfeld, ein kranker Behandlungsraum, der selbst nicht mehr zu behandeln war, und Gwendolin dachte an damals, ein paar Monate nach ihrem Fieber, als Samuel Weinreb in den Stunden vor Mitternacht im Schlafzimmer ihrer Eltern gesessen und gewartet und nicht geweint hatte und es im Treppenhaus so laut gewesen war, dass stattdessen Gwendolin die Tränen kamen. Bis tief in die Nacht hatten die Eltern sie getröstet, nicht den Arzt, der die Hände in den Schoß gelegt hatte, mit starren Augen aus dem Fenster sah, mit dem Mund ein unpassendes Lächeln formte und der sich, obwohl er noch auf dem Bett saß, wahrscheinlich schon auf den Weg gemacht hatte.

Draußen der Lärm der Geschütze, drinnen eine Stimme: Mädchen, frag nicht, ich muss das tun.

Gwendolin sah eine Schere in Frau Liddys Hand, ein großes, rostiges Ding. Damit stellte die Frau sich hinter sie und schnitt ihr einen, schnitt ihr zwei Zöpfe: ab. Dann hantierte sie mit der Schere an den übrigen Haaren herum, um danach auf dem eigenen Kopf weiterzumachen, ganz so, als wollte sie Gwendolins gerupftes Spiegelbild sein. Das Spiegelbild zeigte auf einen Haufen Jungenkleidung.

Zieh das an, Mädchen.

Warum?

Frag nicht.

Das war alles, was Frau Liddy zu sagen hatte. Sie ging weg, durchsuchte den großen Medikamentenschrank und fand das Gesuchte erst, als Gwendolin schon zum mageren Jungen geworden war. Es war ein Fläschchen Jod, und sie verschmierte die braune Flüssigkeit jetzt in beiden Gesichtern. Und als sie endlich zufrieden schien mit dem, was sie angerichtet hatte, nahm sie Gwendolins Hand und ging mit ihr zum

Schrank, sah sie noch einmal an, seufzte sehr laut und versuchte dann irrsinnigerweise, den Schrank nach links zu verschieben.

Noch viel sonderbarer als das war allerdings, dass es ihr gelang. Der Schrank ließ sich verrücken und gab den Blick frei auf einen winzigen Raum, der nicht viel mehr als eine Einbuchtung war und in dem sich nur eines befand: der gepolsterte Teil von Samuel Weinrebs Untersuchungsliege. Frau Liddy schob den Schrank noch einmal in seine ursprüngliche Position zurück und Gwendolin sah, dass er kleine Räder hatte und dass der Eingang zum Versteck von dieser schweren Medikamententür verdeckt wurde und nur unten, zwischen Parkett und Schrank, eine Handbreit offen war.

Da standen sie. Wie zwei, die auf eine lange Reise gehen würden, und Frau Liddy atmete schwer und seufzte dann laut, als wäre ihr da schon klar gewesen, dass das hier wirklich ein Abschied war und dass sie bald schon eine andere sein würde.

Hinein mit dir, Mädchen. Hinein.

Und dort hinterm Schrank nisteten sich die Wochen ein, zwei Meter lang und keinen Meter breit. Hinterm Schrank hörten sich Frau Liddys Schreie wie Kinderweinen an, das Gelächter von Männern hing in der Luft und vorm Schrank knirzten Füße auf Scherben, wühlten Hände in Medikamenten, Brot gab es dreimal am Tag, dann, wenn Frau Liddy die Dunkelheit zur

Seite schob und Gwendolin neben den Kanten auch noch Wasser brachte und das Nachtgeschirr, Wochen waren das aus Schwarz und Jod und Fürimmer, und Zeit genug war da, um an einen zu denken, der ein Versteck gebaut hatte, und an eine, die das Versteck dann hergegeben hatte, Zeit gab es genug, um nicht zu wissen, wem man zu danken hatte: dem einen oder der anderen, Luft kam immer nur eine Handbreit durch und fast kein Licht, so dass alles immer weniger gedieh, dass sich die Dinge veränderten in diesem Grab hinterm Schrank, am meisten das Fühlen, das zwar nicht aufhörte, aber für Gwendolin zu einer Tätigkeit unter vielen wurde, die sie verrichtete, weil sie eben nicht zu vermeiden waren. Es war ein Fühlen ohne Traurigkeit und ohne Tränen, denn weinen konnte sie ohnehin nicht mehr. Später, Wochen, Jahre später, schob Frau Liddy endgültig den Schrank zur Seite, war sauber gekleidet, hatte weiße Strähnen im Haar, sah Gwendolin in die schmerzenden Augen und sagte abschließend: Und das muss genügen jetzt. Der Russe scheint sich beruhigt zu haben.

Es genügte auch, der Russe kam nicht mehr, er war nur noch ein Geräusch von der Straße her: Lastwagen, Pferde, Stiefel. Der Russe ließ Gwendolin in Ruhe, und das war schon etwas. Oben in der Wohnung, die zerwühlt und geplündert gewesen war und in der es aus Konservendosen gestunken hatte, oben in der Wohnung mit dem schwarzen Klavier und den kaputten Fensterscheiben saß sie einfach nur im Ohrensessel, war nach wie vor ein Junge und las D, massenhaft Döblin. Und als sie das D und den Mai fast geschafft hatte und es im Haus wieder Wasser und Strom gab, da kam der Russe dann doch. Zumindest war sich Gwendolin da sicher, denn draußen klopfte jemand an die Tür, anders als Frau Liddy.

Es war ein schwaches Klopfen, ein Herz, das auf raues Holz schlug. Gwendolin ging mit alten Knochen hin, nach der langen Zeit hinter dem Medikamentenschrank taten ihr die Beine weh. Und auch das Fühlen war noch nicht wieder ihr eigenes geworden. Sie wusste, dass sie Angst hatte, aber diese Angst war fern und hatte nur wenig mit ihr zu tun.

Da.

Noch einmal das Klopfen.

Fast nicht zu hören.

Und der, der da draußen vor der Tür stand, der sagte nach einer Weile etwas, sehr leise, wimmernd fast, der, der da draußen vor der Tür stand, sagte irgendwann mit kleinster Stimme: Hilfe.

Es konnte eine Falle sein, es konnte vieles sein, aber Gwendolin wusste, dass das egal war und dass man ohnehin keine Wahl hatte, wenn jemand so leise um Hilfe rief, dass draußen das Treppenhaus zuckte. Sie drückte die Klinke runter und öffnete schnell die Tür, damit sie ihn endlich sehen konnte. Den Russen, jetzt.

Aber da war keine Uniform. Draußen stand eine Ansammlung von Knochen, ein schorfiges Gesicht aus Bart und Augenhöhlen, so etwas Ähnliches wie ein Mensch stand da, ein nie gekannter Gestank auf zwei dürren Beinen. Der Vater stand da.

19

Schritte, Stufen, Holz unter Füßen, Holz, das nach oben hin leiser wird. Gwendolin liegt in ihrem Bett und wacht, knickt eine Kissenecke um, legt das eine Ohr auf den kühlen Stoff und hält das andere in die Nacht. Was sind das für Ohren, die im Hellen so wenig taugen, aber im Dunkeln noch nicht einmal Theas Schritte überhören können?

Schon früher war das Treppenhaus der Villa wie ein Wachhund, manchmal, wenn Willem am Nachmittag aus der Fabrik oder von den Frauen kam, schlugen die Stufen an, weil Willems Schritte nicht in seinem verrauchten Arbeitszimmer endeten, sondern erst im Zimmer des Jungen oben unterm Dach.

Nur ein einziges Mal konnte Gwendolin rechtzeitig einschreiten. Fast immer kam ihr, wenn sie die zweite

Etage endlich erreicht hatte, Willem schon wieder entgegen, lächelte an ihr vorbei und verzog sich in sein Arbeitszimmer im ersten Stock.

Sie liegt im Bett, dreht sich um und erkämpft sich einen dunklen Fensterblick; ihr Bett knarrt, ihre Knochen knarren, die Stufen unter Theas Füßen, oben, und Gwendolin will in den Garten, sie kann nicht. Die umgeknickte Kissenecke ist warm geworden, die Luft ist stickig, es pocht in ihrer Brust und in den Ohren, etwas rast in ihren Beinen, und keine Dämmerung, die sich hinter den Fenstern zeigt, nichts dergleichen, nur die elende Nacht, nur die Erinnerung.

In den ersten Jahren ließ sich der Junge noch von Gwendolin trösten, konnte er ihr verzeihen, dass von seiner Mutter kein Schutz zu erwarten war. Für gewöhnlich fand sie ihn am Schreibtisch sitzend vor, wie er starr auf seine Schulhefte schaute und reglos dasaß, aufrecht gebrochen. Jedes Mal beugte sie sich zu ihm herunter, umarmte ihn seitlich, diesen kleinen, mageren Körper, der fast unmerklich zitterte, sich ansonsten aber nicht bewegte und auch ihre Umarmung nicht erwiderte. Wenn sie später von ihm weggehen wollte, nahm der Junge ihre Hand und hielt sie so fest, dass Gwendolin noch bei ihm blieb, eine Stunde manchmal, viel zu kurz.

Sie zieht sich die Decke über den Kopf, nur die Nase ist jetzt an der Luft. Sie kann Theas Schritte noch hören, sie kann den Griff des Jungen noch spüren nach all den Jahren, und in der Dunkelheit, die ihr die Bettdecke schenkt, denkt sie an diesen einen Nachmittag, an dem sie doch rechtzeitig bei dem Jungen war. Damals fegte sie gerade in einem der unbenutzten Nebenzimmer den Boden, als sich Willem näherte. Gwendolin war schnell, betrat das Zimmer eine Sekunde nach ihm mit weichen Knien und sah stumm mit an, wie der Vater den Sohn von hinten an den Oberarmen packte, ihn vom Stuhl hochzog, zu sich drehte und ihn dann für ein paar stille Sekunden in seinem kalten, grauen Blick ließ, um ihn danach wegen einer Kleinigkeit seiner Wahl zurechtzuweisen. Und als Willem kurz darauf an seinem stummen Mägdelein vorbeistürzte, leuchteten seine Augen beinahe, es war jener Nachmittag, an dem sich der Junge sofort wieder auf den Stuhl setzte und Gwendolin dann zum ersten Mal wegstieß.

Sie hält die Luft an, hört nichts mehr, Stufen nicht und keine Schritte, hört nur noch das Zittern des Jungen. Sie merkt, wie es sich vermischt mit den Vaterschreien in Wilmersdorf und wie eine Welle aus Fliegeralarm und Schumann darüberschwappt, nur nachts kann sie das hören, immer nur nachts.

Aber die Schritte haben aufgehört, Thea hat aufgehört, sie ist angekommen im zweiten Stock und wird jetzt wieder wandern, wird in den Kammern rasten und nur in der einen nicht, im Zimmer hinter der verbotenen Tür, für die nur eine hier den Schlüssel hat, nicht Thea, und lange noch bleibt Gwendolin so liegen mit dem Herz in den Ohren und weiß, dass die dritte Stunde am schlimmsten ist.

20

Die Sommer in Zeeland waren die heilen Zeiten, Zeeland gab ihr Jahr um Jahr den Jungen zurück sechs ganze Wochen lang. Nicht dass sie viel geredet oder etwas anderes getan hätten, als jeden Tag zum Strand zu laufen den weiten Weg am Leuchtturm vorbei, nicht dass sie etwas anderes getan hätten, als zu schlafen, zu essen und da zu sein. Aber jedes Mal, wenn der Fahrer der Papierfabrik sie vor dem kleinen Haus in Burgh Haamstede abgesetzt hatte, waren sie urplötzlich und für lang aufgehoben, der Junge und sie, beinah wie in der Zeit vor dem Fisch und den Apfelsinen, beinah. Und jedes Mal wusste Gwendolin, dass sie begonnen hatten: diese einzigen Wochen im Jahr, in denen sie den Jungen beschützen konnte. Und sich selbst.

Als Willem die beiden zum ersten Mal ins Holländische verschickte, waren die Zimmer im Häuschen muffig und voll von Staub gewesen. Die Möbel und Tapeten hatten Jahrzehnte auf dem Buckel, das Haus war lange her und besaß trotzdem ein Wasserklosett gleich unten neben der morschen Eingangstür. Willem hatte das Haus nach dem Krieg von seiner Mutter geerbt, nachdem diese in einem der winzigen Bediensetenzimmer von Pirasol aus Empörung gestorben war, fast zeitgleich mit ihrem Mann, der es wie sie nicht überleben konnte, dass sich unten die Engländer eingenistet hatten. Und als man Pirasol wieder hergab drei, vier Jahre später, da war es Willem, der das Haus in Empfang nahm und frisch bezog und auch das elterliche Personal, das sich die letzten Jahre über das Städtchen verstreut hatte, wieder zurück in die Villa holte.

Das kleine Haus in Burgh Haamstede hatte keine Bediensteten und fast keine Zimmer, nur eine Küche und einen Wohnraum und im ersten Stock zwei Schlafkammern, die faulig rochen und zu denen eine schmale, steile Treppe hochführte. Kühl war es im Haus, weil die See frische, windige Sommer über die Dünen ins Dorf schickte, feuchte Luft kroch durch jede Ritze und hart lagen die Betten unter ihren Rücken.

Aber der Junge wurde sanft in diesem Haus, er sah aus wie jemand, der entkommen war. Nachts schlief er ruhig und begann erst in der letzten Urlaubswoche wieder weinend aufzuwachen, dann, wenn sich die Zeit in Zeeland dem Ende näherte. Tagsüber tat er etwas, das er zu Hause längst verlernt hatte: Er sah aus wie ein Kind. Sein kleiner Körper wurde weich in diesen Zeiten und war nicht auf der Hut, er zeigte, dass Willem weit weg war. Und auch Gwendolin spürte, wie sie nach oben ragte und wie die Traurigkeit zwar nicht aufhörte, aber zu tragen war. Jeden Morgen ging sie in die kleine Wirtschaft am Ende der Straße und tat, was ihr Willem geheißen hatte: Sie rief ihn an und erinnerte ihn an seine Herztablette, ein kleiner Auftrag, den sie gern ausführte, weil sie sich Morgen für Morgen davon überzeugen durfte, dass Willem sich tatsächlich zu Hause in der Villa befand und dadurch nicht in der Lage war, aus dem Nichts aufzutauchen. Und sie konnte sogar darüber hinweghören, dass er sich mindestens einmal pro Woche eine seiner Grausamkeiten gestattete, indem er zum Beispiel zuerst einfach nicht ans Telefon ging und Gwendolin, die deshalb eine halbe Stunde länger in der Wirtschaft ausharren musste, dann bei ihrem fünften Versuch wegen ihres späten Anrufs zurechtwies. Aber Willem ließ sich aushalten, wenn er nur eine Stimme ohne Augen war und wenn man wusste, dass man abends am Bett des Jungen vom Leuchtturm und vom Nebel, von den Heckenrosen und den großen Quallen reden durfte, dass man sein Kind später umarmen durfte und dass man selber umarmt wurde ganz ohne Grund.

Der erste Sommer in Zeeland schenkte Gwendolin nicht nur den Jungen, er gab ihr auch die Bücher zurück. Seit sie im Städtchen wohnte, hatte sie sich eine beachtliche Bibliothek zugelegt, gut versteckt im Kämmerchen des Waschkellers, und dort waren die Bücher auch verblieben, ungelesen, halb tot. Sie hatte sich vor ihnen gefürchtet, vor ihrem ausbleibenden Trost, vor ihrer Unfähigkeit, sie zu beschützen, auch wenn sie diese Angst nicht davon abbrachte, immer wieder neue zu kaufen.

Als sie zum ersten Mal die Koffer für Zeeland gepackt hatte, war ihr der Gedanke gekommen, ein paar der Bücher mitzunehmen, es war kein ausgefeilter Plan, höchstens eine laue Idee, der sie eher teilnahmslos gefolgt war. Sie hatte da noch nicht wissen können, dass sie alle mitgebrachten Bücher lesen würde, jedes einzelne, und dass es in den sechs Urlaubswochen keine Rolle spielen würde, ob auf die Bücher Verlass war, Zeeland war schließlich Schutz genug, und jahrelang blieb das so, jahrelang.

Die Sommer in Zeeland. Diese Sommer, in denen sie einander festhielten im kalten Meer und das Atmen leicht war und man sogar unter Wasser Luft bekam, all die Sommer, in denen Gwendolin sah, wie der Vater und die Mutter in den Wellen kleiner wurden für einige Zeit und wie der Junge Freunde fand, zwei, drei auf einmal, und mit ihnen den Strand entlangjagte, obwohl er zu Hause meistens allein war. Diese Sommer, die die Wahrheit bleiben und nie aufhören würden und dann trotzdem aufhörten, nur weil der Junge ein paar Tapetenrollen im Schrank gefunden hatte.

Er war schon zwölf, als er das alte Buffet im holländischen Wohnzimmer durchwühlte, längst ein still zorniges Kind mit eingezogenen Schultern, stets bereit, wegzurennen oder sich zu ergeben, je nachdem. Die Sommer in Zeeland hielten ihn aber trotzdem noch fest, die See wiegte ihn, machte ihn ruhiger, ruhig. Die Zeit war noch nicht gekommen, jene Zeit, in der es Gwendolin wehtun würde, den Jungennamen auszusprechen. Aber sie war schon fast da.

Als der Junge die Tapetenrollen entdeckte ganz hinten im untersten Fach des Buffets, leuchteten sein Gesicht und seine Hände auf. Drei Rollen holte er heraus, dunkelblau, bedruckt mit grünen Blättern und rotgelben Äpfeln, Jahrzehnte alt. Für Papier hatte er sich nie interessiert, am wenigsten für die Bögen, die ihm Willem gelegentlich mitbrachte und deren edle Struktur und Verarbeitung ihm die spätere und unausweichliche Leitung der Fabrik schmackhaft machen sollten. All diese Versuche waren umsonst gewesen, nur einmal, mit sechs Jahren, hatte der Junge kleine Zeichnungen auf dem Papier gemacht, die dann von Willem mit einer Tracht Prügel quittiert wurden, denn nie wieder sollte dieses Kind es wagen, das Papier von *Johann Suhr & Söhne* so unwürdig zu behandeln.

Die blaue Tapete mit den Äpfeln und Blättern war

feucht und roch so muffig wie alles andere im Haus. Aber der Junge setzte sich sofort an den Wohnzimmertisch und fing an, kleine Vierecke aus dem Papier zu schneiden, er schnitt, legte zur Seite, schnitt wieder, und als nach Stunden der Tisch mit Papier übersät war, da begann der Junge mit seiner eigentlichen Arbeit. Er faltete Tiere. Keine Kraniche, nichts, das besonders viele Ecken hatte, nichts Japanisches. Er faltete, als hätte er in seinem Leben nie etwas anderes getan, er faltete Elefanten, Hühner und Kamele, ohne Anleitung schuf er Reiher und Hunde und Kröten, und Gwendolin sah, wie seine Fingernägel rosa anliefen durch den leichten Druck beim Falten, wie sich sein Gesicht verfärbte vor Konzentration und vor Glück. Der Junge war viel zu alt zum Basteln, aber offensichtlich störte ihn das nicht, und es kam Gwendolin sogar so vor, als hätte ihr Sohn überhaupt kein Alter mehr, jung war er, alt war er, beides zugleich. Mit größtem Ernst rundete er Tierrücken ab und richtete die Tiere so aus, dass sie stehen konnten, schöne blaue Tiere waren das mit Teilen von Blättern und Äpfeln auf der papiernen Haut, mehr hingestreichelt als gefaltet und vollkommen fehlerlos gearbeitet. Überhaupt ging hier alles ohne Fehler zu, nur zum Schluss, da passierte dem Jungen eben doch einer, ein Fehler, der so groß war, dass Willem die Sommer in Zeeland einstellen ließ.

Der Fehler wurde erst später in der Villa begangen. Gleich nach der Rückkehr fand der Junge seinen Vater im Salon vor, wo er in einem Sessel am Kamin saß und verächtlich an einer Zigarre zog. Im Kamin brannte Feuer, weil der Sommer kalt und verregnet war, und der Junge ging mit einem alten Koffer auf Willem zu und machte dann den entscheidenden Fehler. Den Koffer hatten sie in Zeeland gefunden, in einer der Schlafkammern unterm Bett, und er war groß genug gewesen, um alle blauen Tapetentiere zu fassen, die der Junge bis zum Ende der holländischen Zeit gefaltet hatte. Gwendolin versuchte noch, ihn unter Flehen und Vorwänden zurückzurufen, aber umsonst, vor Willems Füßen legte er den Koffer ab, öffnete ihn und ließ seinen Blick dann am Vater hochwandern, bis in dessen Augen hinein. Gwendolin, die mittlerweile auf der anderen Seite des Kamins stand, konnte sehen, wie der Junge zusammenzuckte vor dem kalten Blick des Vaters, den Willem nach all den Jahren nach wie vor tadellos und auf fast jugendliche Weise beherrschte, obwohl er oberhalb der Augen weitgehend kahl und darunter alt und verquollen geworden war.

Der Junge begriff augenblicklich, atmete schwer und hastig ein und drückte den Kofferdeckel dann mit dem Ausatmen nach unten, doch es half nicht mehr, es war zu spät. Willem legte seine Zigarre im Aschenbecher ab und beugte sich ächzend hinab, eine Bewegung, die durch seinen ausquellenden Bauch auf den Oberschenkeln beizeiten abgebremst wurde. Aber Willem bekam die gefalteten Tiere doch zu fassen, nahm eine Handvoll, richtete sich langsam wieder auf und fragte, während er den Blick auf die Tiere gepresst hielt: Interessieren wir uns jetzt doch für Papier?

Und ohne eine Antwort abzuwarten, warf er all die Elefanten und Büffel, all die Bären und Vögel, all das gestreichelte Papier in den Kamin, beugte sich immer wieder runter, nahm eine neue Handvoll aus dem Koffer und warf auch die ins Feuer. Hitze und Anstrengung rangen ihm Tausende von Schweißtropfen ab, aber er hörte nicht auf und steigerte sich nur noch mehr hinein in diese dunkle Arbeit, quälte seinen schweren Oberkörper nach unten, quälte ihn wieder hoch.

Dazwischen quälte er sein Kind. Die ganze Zeit quälte er den Jungen. Gwendolin ging die paar Schritte zu Willem. Hör auf, sagte sie, aber sie flüsterte es nur. Bitte nicht, flehte sie leise, Willem, ich bitte dich. Lass den Jungen. Und als sie den Kofferdeckel nach unten drücken wollte, hielt Willem sie so fest am Handgelenk, dass die Spuren noch wochenlang zu sehen waren, ein Armband, das sie daran erinnerte, wer sie war: eine, die es nicht schaffte, das eigene Kind zu beschützen. Während Willem sie festhielt, starrte er sie mit seinen kalten grauen Augen an, und erst nach Minuten ließ er ihr Handgelenk angewidert los, stieß Gwendolin zurück auf die andere Kaminseite und fuhr dann fort, die Papiertiere ins Feuer zu werfen.

Willem Suhr, unvergessen.

Der Junge, der sich nie wieder für Papier interessieren würde, im Leben nicht, der Junge war ganz still. Sein dünner Körper zitterte, aber sein Mund gab kein Zähneklappern preis, weil die Lippen zusammengepresst waren mit den Mundwinkeln nach unten. Er sah nicht, wie ungeheuer präzise Willem seine Arbeit verrichtete und wie er sogar Tiere aufhob, die danebengefallen und dem Feuer knapp entronnen waren, um sie danach in den Kamin zu werfen, beinahe liebevoll und mit so viel Schweiß im Gesicht, dass das Feuer damit hätte gelöscht werden können. Das alles sah der Junge nicht. Er stand einfach nur da und starrte in den Kamin, auf die kleinen Funken nach jedem Tier, und Gwendolin konnte sehen, wie alles aufhörte, wie nichts mehr gut werden konnte und nichts mehr heil, wie der Junge älter wurde vor dem Kamin und wie sich das Feuer in seinen Augen spiegelte, wie die Tiere in seinem Blick aufflammten und die Sommer in Zeeland, knisternden Zorn konnte sie in den Augen des Jungen sehen. Eine brennende Papierfabrik.

21

Als Gwendolin ein Kind war, redete der Vater so viel, dass sich die Mutter oft die Ohren zuhielt, bevor sie lachend in der Küche verschwand. Jedes Mal zuckte er nur mit den Achseln und richtete sein lautes Herz dann an die Tochter, redete weiter und weiter, weil ihm vielleicht damals schon aufgegangen war, dass es irgendwann für Worte zu spät sein würde.

Und jetzt, fünfundvierzig im späten Mai, jetzt war diese Zeit gekommen, der Vater hatte gerade noch so um Hilfe geflüstert und dann aufgehört zu sprechen. Trotzdem sprudelte es aus ihm heraus, noch tagelang entfloss ihm alles, was er erlebt hatte und was lange geheim bleiben sollte, grünschleimig, blutig rann es aus ihm heraus, und nur selten schaffte es Gwendolin, den federleichten Mann rechtzeitig auf den Eimer zu setzen, den sie im Schlafzimmer neben dem Bett deponiert hatte.

Frau Liddy hatte den Braten schon im Flur gerochen, der Vater, der als Skelett fast keinen Platz einnahm, hatte sich als Gestank in allen Räumen ausgebreitet. Und als sie fragte, antwortete Gwendolin das Einzige, was sie überhaupt zu diesem Thema sagen wollte: Mein Vater ist zurück aus Oranienburg-bei-Berlin, und mehr weiß ich nicht. Wahrscheinlich wusste Frau Liddy aber mehr, denn sie ließ sich durch nichts in der Welt ins Schlafzimmer ziehen, bis zum Schluss nicht, aber von da an kümmerte sie sich auch um den unsichtbaren Rückkehrer und schickte gleich am ersten Abend einen Arzt vorbei.

Der Arzt, der für die Zeit noch erstaunlich beleibt war, erfuhr nichts anderes als das, was auch Frau Liddy erfahren hatte: Mein Vater ist zurück aus Oranienburg-bei-Berlin, und mehr weiß ich nicht. Aber auch er schien zu verstehen, denn er hatte ja das, was seine Augen ihm sagten: dass da jemand doppelt so dünn wie all die anderen Dünnen war, die sich draußen müde übers Pflaster schleppten, doppelt so verdreckt, doppelt so anderswo. Er verstand und tat das Einzige, das es in diesem Moment zu tun gab. Er weinte.

Sein Weinen war nicht mehr als ein Zusammenzucken, ein Kehlgeräusch, ein verstohlenes Wischen über die ärztlichen Augen. Und als er das erledigt hatte, fing er damit an, Gwendolins Vater in aller Strenge vom Sterben abzuhalten. Er untersagte dem Ausgehungerten feste Nahrung, jegliche Nahrung, jedenfalls fürs Erste. Später, fürs Zweite, erlaubte er Flüssiges, Bekömmliches, und keiner protestierte, nicht Gwendolin und am wenigsten der, der von den Toten zurückgekehrt und doch ein Toter geblieben war für alle Zeit.

Gwendolin fütterte den Vater mit Wässrigem und später mit hartem Brot, das Frau Liddy ihr vor die Tür legte, sie wusch dem Vater die grau bezogenen Knochen, brachte seine Wäsche ins Erdgeschoss und starrte ansonsten aus dem Schlafzimmerfenster, während der Augenhöhlenmensch stumm und am Leben blieb. Wenn Gwendolin den Vater wusch, hielt sie die Luft an und er das Sehen, jedes Mal schloss er die Augen, und bis zum Schluss dachte Gwendolin, dass der Vater nur mit zwei Dingen beschäftigt war: mit dem Ekel vor sich selbst und mit dem Versuch, endlich ein anderer zu werden. Einer, der totzukriegen war.

Sie rannte fast unversehens davon. Einen Tag nach der Rückkehr des Vaters ergriff Gwendolin für Stunden die Flucht und rannte das erste Mal nach unten und dann nach draußen. Dass an den Rändern der Straße Trümmerberge lagen, dass die meisten Häuser zerstört waren, hatte sie schon vom Fenster aus gesehen. Aber als sie zum ersten Mal nach draußen trat, fielen sie das Bild und der Geruch wie eine Erleichterung an. Warm war es hier und kaputt, hell war es, blau und grau und vollkommen still. Durch die Fensterlöcher der Fassaden kam der Tag durch von hinten und von vorn, Soldatenhelme lagen auf einem Haufen und auf dem Pflaster trocknete Pferdemist, trockneten Frauen, die sich Kopftücher über der Stirn zusammengebunden hatten, Frauen mit dürren Körpern, die Bündel auf den Rücken trugen und vorn ihre alten Gesichter.

Still war es, so still. An diesem ersten Tag nach der Rückkehr des Vaters hörte Gwendolin, wie Frau Liddy völlig unnötigerweise das Fenster aufmachte, obwohl gar kein Glas mehr drin war, und wie sie völlig unnötigerweise rief:

Was machst du denn, Kind, der Russe ist noch nicht vorbei, und hol dir gleich Schwimmseife bei mir ab.

Aber Gwendolin drehte sich gar nicht erst um, ging die Straße vor, wankte mit brennenden Augen durch die heiße Kalkluft, stieg über Steine und Splitter, ihre Füße wölbten sich über den Kanten,

        umknicken,

      abrutschen,

    weitergehen,

und immer weiter ging Gwendolin am Tag nach dem Tag, an dem der Vater zurückgekehrt war, sie sah einen Lastwagen mit gelbgrünen Soldaten und irgendwo einen ausgebrannten Panzer, Füße mit Lederresten liefen übers Pflaster, und laut war dieser Anblick, aber die Schutthaufen und die gebrannten Häuser harrten aus in makelloser Stille, Fliegen, Fliegen, so viele Fliegen, und überall lag Müll, lag Schlimmeres, Schlimmstes. Aber die Wahrheit war, dass Gwendolin das alles besser aushalten konnte als den eigenen Vater, der oben in der Wohnung in Trümmern lag.

Es ging hier nicht um Traurigkeit, nicht bei ihr. Sie hatte das Fühlen nicht wieder gelernt, noch immer geschah es automatisch und außerhalb von ihr. Und was sie da fern von sich spürte, war höchstens Alleinsein; das, was sie einholte, wenn sie nachts den schreienden Vater beruhigte oder ihm am Tag einen frischen, viel zu weiten Schlafanzug über den Körper zog, war höchstens Empörung, Empörung über den falsch erfüllten Wunsch. Sie hatte auf den Vater gewartet, und später hatte sie nicht mehr gewartet, aber ein Wunsch war es geblieben. Dass der Vater am Ende zurückkehren würde. Dieses Ende war jetzt da, dieser Vater war jetzt da, aber es fühlte sich an, als wäre er nun erst recht verschollen. Sie war so allein mit ihm.

Frau Liddy half, wo sie konnte, doch wo sie konnte, das war nie in der Wohnung. Im Treppenhaus reichte sie Gwendolin Maisbrot und verlorenes Schmalz und einmal sogar ein Kännchen mit Öl, das sie im Herbst aus Bucheckern gewonnen hatte. Sie gab Gwendolin die Schlafanzüge und Bettbezüge des Vaters sauber zurück, sie schenkte ihr ein hässliches Kleid, das sie aus einer unbrauchbaren roten Fahne geschneidert hatte, sie brachte ihr Rationen von fadem Essen, das sie gegen Gwendolins Marken getauscht hatte, nur sich selbst brachte sie nicht, Frau Liddy selbst hielt sich entschieden heraus. Und wenn Gwendolin am Bett des Vaters saß, dann fühlte sie sich so abgeschieden, dass sie das Dümmste tat, was man in ihrer Lage tun konnte: Sie wagte einen neuen Wunsch. Sie schwieg ihn in sich hinein und aus dem Schlafzimmerfenster hinaus, mit geballten Fäusten und geschlossenen Augen, diesen Wunsch, dass da jemand kommen würde, irgendwer. Dass da jemand bei ihr wäre, bei ihr und dem welken Vater.

Es war schwer, ihn anzusehen, und es half auch nicht, sich auf etwas anderes zu konzentrieren als auf das Gesicht und den Körper, auf die Hände zum Beispiel. Denn seine Handgelenke waren so schmal, dass Gwendolin noch Jahrzehnte später zusammenzuckte, wenn sie die Handgelenke des Jungen hielt. Vom ersten Tag seiner Rückkehr an lag der Vater am äußersten Rand des Bettes, obwohl es weitaus mehr Platz gab, und es hatte Gwendolin viel Mühe gekostet, den Vater an die dünne Sommerdecke zu gewöhnen, die er sich anfangs immer vom Körper gezogen hatte.

Und die ganze Zeit starrte der Vater nach innen, nach außen, mit Augen, die so reglos wie sein restlicher Körper waren. In den ersten Tagen nach seiner Rückkehr gab es keinerlei Anzeichen dafür, dass er die Abwesenheit seiner Frau bemerkte, das Gesicht des Vaters hatte nichts Suchendes und nichts Fragendes. Aber als Gwendolin den Kölnisch-Wasser-Flakon auf der Frisierkommode sah und den Vater damit zu übertünchen versuchte mit fünf, sechs, sieben Tropfen auf der Bettdecke, da liefen dem Vater still die Tränen über die Wangen und Gwendolin presste ihren Blick in das Gold und Türkis des Fläschchens: *Echt Kölnisch Wasser, immer frühlingsfrisch!* Sie begriff, dass dieser Geruch mit Dasein nichts mehr zu tun hatte. Er war das Gegenteil von Dasein, nur noch das.

Bei nächster Gelegenheit drückte Gwendolin den Flakon in die Hand von Frau Liddy, die ihn widerwillig annahm und wahrscheinlich nie benutzte, jedenfalls verströmte sie auch weiterhin nur Schweißgeruch. Aber die Hauptsache war, dass der Flakon weg war, und am liebsten hätte Gwendolin Frau Liddy auch das schwarze Klavier in die Arme gelegt, das Letzte von der Mutter, das dem Vater noch gefährlich werden konnte. Wenn er von seinem Bett aus nach drüben ins Wohnzimmer schaute, war das Klavier nicht zu übersehen, und Gwendolin bemühte sich, die Durchgangstür nur so weit offen stehen zu lassen, dass sie den Vater vom Wohnzimmer aus zwar noch gut im Blick hatte, er aber das Klavier aus glücklichen Tagen nur teilweise erkennen konnte.

Bis jetzt hatte sich der Vater in dieser Hinsicht nichts anmerken lassen, und Gwendolin konnte ohnehin nicht wissen, was er sah, wenn er sah. Er schwieg und starrte sich bis weit in den heißen Juni hinein. Die Hitze machte ihm zu schaffen, in gierigen Schlucken trank er das Wasser, das Gwendolin ihm an den Mund hielt. Manchmal, wenn er geräuschvoll schluckte, dachte sie an die Freunde von früher, mit denen der Vater Schnäpse getrunken hatte und von denen bis auf zwei, drei Theaterleute, die die Mutter nach der Verhaftung des Vaters halbwegs getröstet hatten, keiner je wieder in der Wohnung aufgetaucht war. Und das war etwas, mit dem sich Gwendolin ein für alle Mal abfinden musste: dass hier niemand mehr vorbeikam und dass auch keine Wünsche mehr, ob nun auf falsche oder richtige Weise, erfüllt wurden.

Aber dann, an einem besonders heißen Tag, wurde es laut im Treppenhaus. Gwendolin hörte aufgeregte Stimmen und konnte auch die von Frau Liddy erkennen, schwer, laut. Dann hämmerte jemand gegen die Tür, aber anders als vor Wochen noch der Vater, obwohl das Klopfen auch jetzt wie ein Flehen klang.

Gwendolin öffnete die Tür, und da standen sie: Frau Liddy und unzählige Frauen, *vier* unzählige Frauen mit dunklen, zerrissenen Kleidern und Gesichtern, auf denen sich Schweiß und Staub schwarz vermischt hatten, Frauen mit Bündeln und Rucksäcken, Frauen, die nicht die geringste Chance hatten gegen eine wie Frau Liddy.

Aus Ostpreußen kommen die, elende Polacken sind das, flüsterte diese und versuchte, die Frauen mit bloßen Händen wegzuwischen. Als das nicht ging, zwängte sie sich an den Frauen vorbei und stellte sich mit ausgebreiteten Armen in den Türrahmen, direkt vor Gwendolin, die den Junischweiß unter Frau Liddys Achseln riechen und dann eine Stimme von weiter hinten hören konnte: Nikolaiken, Masuren. Wir mächten wohnen hier.

Gwendolin wollte etwas sagen, aber sie kam nicht dazu, denn Frau Liddy herrschte die Frauen an: Sie können hier nicht wohnen. Es gibt einen sterbenskranken Vater. Das arme Mädel hat sozusagen schon Einquartierung!

Bittscheen, flehte die Stimme von hinten. Ich bitt Sie, junges Freijlein.

Und da, in diesem Moment, wusste Gwendolin eins, auch wenn es nicht mehr viel zu wissen gab in einer Zeit wie dieser und man ohnehin besser dran war, wenn man gar nichts mehr wusste, in diesem Moment wusste Gwendolin, dass die Frauen ihr *richtig* erfüllter Wunsch waren.

Sie schloss die Augen, öffnete sie nach einer Weile wieder, drückte die weichen Arme im Türrahmen dann vorsichtig nach unten und zog Frau Liddy zu sich in den Flur. Gut, kommen Sie, sagte sie den vier Frauen in ihre alten Gesichter hinein und war erleichtert, als sich ihr vorletzter erfüllter Wunsch nach erstauntem Zögern und unter den gekränkten Augen von Frau Liddy Körper für Körper an ihr vorbeiquetschte.

22

Sie hat wieder von ihnen geträumt. In ihren Träumen sind sie alle da, der Vater, die Mutter, das Kind; in ihren Träumen sind sie heil, eine Zeit lang sogar, aber dann, mit einem Mal, verändern sie sich. Man sieht nicht gleich, was anders ist, bis man es dann doch sieht: Sie haben angefangen zu brennen.

Jede Nacht beginnen sie irgendwann zu brennen, als wäre schon die ganze Zeit ein Brennglas auf sie gerichtet gewesen, alle brennen still, mit einem leichten Bedauern in den Gesichtern, einer Art Ungläubigkeit, und jedes Mal ist Gwendolin die Einzige, die schreit, schreien, das geht nur in ihren Träumen. Sie kann sie nicht löschen, den Vater, die Mutter, das Kind, denn kaum ist einer ohne Feuer, flammt ein anderer auf.

Sie hat wieder geträumt, und jetzt schreckt sie hoch

und fühlt, wie schwer sie ist, sie friert, es ist fast drei. Gwendolin quält sich hoch, zwei, drei Versuche, bis sie endlich sitzt, Pantoffeln, Morgenmantel, und hoch. Sie nimmt sich eine Krücke, die sie für die Nächte bereithält, bis jetzt nur für die Nächte, dann geht sie leise über das laute Parkett und zieht sich draußen noch einen Mantel über, sie sehnt sich nach dem Garten und bleibt doch stehen vor der kleinen Treppe, die hinunter in die Eingangshalle führt. Neben der Treppe hängt dieser Kasten, Tasten mit Zahlen, drei rote Lämpchen. Gwendolin weiß nicht, was passiert, wenn sie einen Schritt weiter geht, sie weiß nicht, wie laut der Alarm wäre und ob der Hölzerne über der Tür erschrocken vom Kreuz fiele.

Unschlüssig steht sie vor der Treppe und sieht auf dem Telefontisch die Rechnung von *Piet Holtkamp Elektronik* liegen, an sie gerichtet, Frau Gwendolin Suhr. Es hat einen Streit gegeben zwischen ihr und Thea, am Vormittag, als Gwendolin kurz auf die Rechnung einging und Thea ohne Zuhilfenahme ihrer Augen zu lachen anfing und dann kalt sagte: Du bist so aufgeregt. Du stotterst ja.

Und Gwendolin weiß, dass es stimmt, sie ist immer noch aufgeregt und sie stottert, obwohl sie gar nicht spricht, alles an ihr stottert, ihr ganzer Körper. Sie schleppt ihn zurück in ihr Zimmer, setzt sich auf das Bett und schließt die trockenen Augen. Etwas kommt ihr in den Sinn, sie erinnert sich an das, was Thea ihr hinterhergerufen hat heute Vormittag: Am Großen Markt soll er gewesen sein, beim Reiter soll er gestanden haben, ans Gerüst gelehnt wie ein Krimineller! Und ja, denkt Gwendolin, der alte Reiter, einen Steinwurf vom Berufskolleg entfernt, ein paar Steinwürfe nur von ihr selbst entfernt, der bröcklige Junge vor dem bröckligen Reiter, vor Tagen erst. Sie krallt sich an der Bettkante fest und öffnet die Augen wieder, die Kälte hat nachgelassen, die Dunkelheit ist geblieben, und Gwendolin weiß, dass vorerst nichts zu sehen ist.

23

Im Herbst fünfundvierzig hatte sich der Vater vom schlecht riechenden Skelett in einen sauberen Greis verwandelt, keine vierzig Jahre alt, im Herbst fünfundvierzig konnte sich Gwendolin das Leben nicht mehr ohne die unglücklichen Schwestern Piwak vorstellen, und im Herbst, da fing der Vater an, sich vor den Krähen zu fürchten.

Es war im Oktober, als er sie zum ersten Mal bemerkte, jene laut krächzenden Schwärme, die, bevor sie wieder in einzelne Vögel zerfielen und auf den Bäumen hielten, den Wilmersdorfer Himmel bewölkten. Auch Gwendolin mochte die Geräusche nicht, diesen knatternden Triumph und das Knarren alter Matratzen, die hohen und die tiefen und die sterbenden Töne. Aber beim Vater war es mehr, der Vater geriet in Panik, er stöhnte, saß mit verzweifelt geradem Rücken im Bett und presste sich weinend die Hände auf die Ohren.

Gwendolin versuchte die Haare des Vaters zu streicheln, aber er wand sich unter ihren Händen und drückte die eigenen dann noch fester auf seine Ohren. Gwendolin hatte nur einen Tag Zeit, um sich einen Plan zu überlegen und den Vater vor dem nächsten Anflug der Krähen zu retten. Morgens war er sicher, denn jede Nacht lag er stundenlang wach da und schlief danach so lange, dass er die Rückkehr der Krähen mühelos verpasste. Gefährlich war nur der Abend. Und es fiel Gwendolin erst kurz vor der unausweichlichen Dämmerung ein, womit sie den Vater von den flatternden schwarzen Geräuschen ablenken konnte: mit seinen Büchern, also mit ihm selbst.

Sie hatte die ganze Zeit weitergelesen im Ohrensessel neben dem Klavier, auch wenn sie sich keine Notizen mehr machte, seit der Vater zurück war. Sie hatte es nicht weiter als bis zum F geschafft, hatte Edschmid und Ehrenburg und später Feuchtwanger und Leonard Frank gelesen, aber sie waren ihr alle dabei behilflich gewesen, die letzten Jahre zu überstehen und manchmal nicht anwesend zu sein. Sie hatte A bis F einiges zu verdanken.

Und jetzt zog sie ein B aus dem Regal, *Bertolt Brechts Hauspostille*, setzte sich ans Bett des Vaters und schlug, als die ersten Krähen aus Richtung Schmargendorf ankamen, irgendeine Seite auf; sie begann ein Gedicht vorzulesen, las gegen das Schreien der Krähen und des Vaters an und mochte das Gedicht, mochte die *Marie A.*, weil sie leicht war und ohne Krieg, und sie kam gerade einmal bis *ich hätt ihn längst vergessen,* als der Vater eine Hand zur Faust ballte und ihr das Buch schwach, aber mit aller Entschiedenheit aus den Händen schlug, um sich danach wieder die Ohren zuzuhalten.

Gwendolin versuchte es noch mit zwei Dämmerungen, zwei Buchstaben, einem Theaterstück und einem Roman, aber der Vater hatte sich endgültig von den Büchern verabschiedet, hieb sie seiner Tochter alle aus der Hand und widmete sich dann wieder der Angst vor den Krähen. Es schien ihm Mühe zu bereiten, sich die Ohren zuzuhalten, die Arme sackten ihm nach unten, und in solchen Momenten klagte er noch mehr. Wenn die schwarzen Vögel draußen am Himmel kreischten, kreischte der aufgerichtete Oberkörper des Vaters stumm mit, alles an ihm schlug mit den Flügeln, alles an ihm bebte so sehr, dass Gwendolin ihn nach einer Woche, in der sie einfach nur auf seiner Bettkante gesessen hatte, zum ersten Mal festhielt.

Sie hatte den hauchdünnen Vater seit seiner Rückkehr oft berührt, aber nur auf eine notgedrungene Weise: wenn sie ihn wusch oder mit Essen versorgte. Alle

Berührungen schienen eine Qual für ihn zu sein, auch das Streicheln über seinen Kopf, so selten es auch vorkam. Aber an diesem einen Abend zog Gwendolin den im Bett sitzenden Vater zum ersten Mal an sich und merkte, wie jeder den anderen wegstoßen wollte, der Vater, weil er der Vater war, und sie, weil sie seine reinen Knochen spürte gleich unter der Haut. Aber sie ließ ihn nicht los, sondern drückte ihn noch fester an sich, er war bettwarm, roch nach nichts und ergab sich erst nach vielen Minuten, ließ die Arme schließlich sinken und ertrug es, dass Gwendolin ihn mit dem rechten Arm an sich drückte und ihm mit der Schulter sein eines Ohr und mit der Hand das andere zuhielt.

Während sie über der Kommode ihr Spiegelbild entdeckte mit den ausgefransten, schmierigen, immer noch kurzen Haaren, während sie dem müden Blick ihres Spiegelbildes standhielt, wurde das Zittern des Vaters schwächer. Sie saßen da und armten die krächzende Dämmerung weg, erst nur Gwendolin, aber später auch der Vater, der einen seiner herunterhängenden Arme hob und dann begann, ganz leicht über ihren Rücken zu streicheln, um anschließend Wortloses darauf zu schreiben, und bis zum Schluss hielten sie auf diese Weise die Dämmerungen durch, drei Herbste und drei Winter lang, bis zum Schluss waren die Finger auf Gwendolins Rücken die einzige Sprache, die dem Vater noch beschieden war, bis zum Schluss weinte und stotterte und schwieg er fast alles, was noch zu sagen war, auf ihren Rücken, er erzählte so unleserlich, dass sie nichts davon verstand und doch alles begriff in jenen Dämmerungen, die Jahr für Jahr bis in den Dezember hinein vom Treppenhaus her nach angebrannten Zuckerrüben rochen.

Die ganze Zeit harrten die unglücklichen Schwestern Piwak in der Wohnung aus. Sie lebten in Gwendolins Zimmer und in der Küche, waren kaum je zu hören und hatten eine Eigenschaft, mit der Gwendolin erst ein paar Tage nach ihrem Einzug vertraut gemacht wurde: Sie waren gar keine Schwestern. So gut wie keine.

Damals, als sie verschämt in die Wohnung geschlüpft waren, hatte sich nur eine von ihnen bei Gwendolin vorgestellt, Meta Piwak, aber weil alle gleich aussahen, verklebt und alt und schmutzig, hatte Gwendolin sie zu Schwestern erkoren, obwohl am Ende nur zwei von ihnen, Metas Töchter, verschwistert waren, die vierte war die Magd der Familie. Sie trugen ausgehungerte, ernste Männergesichter, alle vier, nur Meta konnte mit ihrem Gesicht auch lächeln.

Meta Piwak musste gleich bei ihrem Einzug beschlossen haben, ein Kind mehr zu haben. Jeden Tag kochte sie aus dem wenigen, das man auf den Feldern und auf dem schwarzen Markt in Charlottenburg organisieren konnte, das Essen für die gesamte Belegschaft der Wohnung, für die Stummen und die Schreienden und für die dazwischen, sie kochte Suppen, die vorne

Schlunz oder Klunker hießen, und sie hatte keine Angst.

Gleich am ersten Tag war sie durch das Wohnzimmer in Richtung Schlafzimmer gegangen, und als sich Gwendolin vor das Bett des Vaters stellte, nicht sicher, wer da vor wem zu schützen war, strich Meta Piwak über Gwendolins Haar und flüsterte: Wir haben jeseejen alles. Jibt jarnüscht Neijes mehr.

Sie kamen zusammen durch den Sommerhunger und den Herbsthunger und überstanden den ersten Winter mit krummen Broten, brachten sich gegenseitig Reisig und Tannenzapfen zum Heizen mit und tranken Schlucke aus den zwei Flaschen Bärenfang, die die Schwestern Piwak mitgenommen hatten aus Nikolaiken, Masuren, und Meta Piwak erzählte, dass fast alle, die mit ihnen unterwegs waren, etwas Zerbrechliches dabeihatten, Flaschen, Glaskrüge, Kinder, so als wollten sie beweisen, dass manches gut ausgehen konnte, manches schon. Und wie Meta Piwak Gwendolin zum Frühstück rief jeden Morgen, obwohl es diese Wörter schon seit Jahren nicht mehr gab: Frühstück, Mittag-, Abendessen, und wie schön sie das sagte, *Friiischdick!,* und wie gut dann selbst die Mehlsuppe schmeckte, gekocht aus ein bisschen Getreide, das jemand in der Kaffeemühle gemahlen hatte.

Der Vater stöhnte und schrie sich durch die Jahreszeiten, und bis in den Frühling hinein rettete ihn

Gwendolin vor den Krähen und ließ ihn nicht einmal an den frühen Sommerabenden los, auch wenn diese ganz ohne Krähen und Dämmerungen auskamen, und einmal, nachdem sie das Schlafzimmer des Vaters verlassen hatte und zu den anderen in die Küche gegangen war, rief Meta Piwak: Erbarmung! Meijn Marjellchen, warum seh ich dich weijnen nich?

Frau Liddy kam auch weiter zu Gwendolin und versorgte sie vom Treppenhaus aus, flüchtete aber jedes Mal, wenn sich Meta Piwak im Korridor zeigte. Oft kam es Gwendolin so vor, als wollte Frau Liddy mit ihren vielen kümmerlichen Gaben die andere übertrumpfen, auf jeden Fall kam sie viel häufiger als in der Zeit vor den Schwestern, und sie hielt ihre übermäßig vielen Treppenhausbesuche einige Monate durch, bis November, als sich der zweite Winter nach dem Krieg ankündigte und Frau Liddy nicht mehr genug Essen vorzuweisen hatte, um ihr häufiges Türklopfen zu rechtfertigen.

Dieser Winter war so kalt, dass die unterste der vielen Decken, unter denen der Vater zitterte, morgens am Bettgestell festgefroren war. Aus den Wasserhähnen kam nichts Flüssiges mehr, und jeden Tag schleppten sich alle vier Schwestern Piwak und Gwendolin in den gerupften Grunewald, wo sie mit Beilen dürres Brennholz schlugen, Stunden verbrachten sie jeden Tag mit dieser Arbeit, und wenn Gwendolin daheim das Holz in den Wohnzimmerofen warf und anzündete, dann öffnete sie die Durchgangstür zum Schlafzimmer, so weit es ging, obwohl der Vater dadurch das schwarze Klavier zu sehen bekam. Aber nur so konnte Gwendolin dafür sorgen, dass der Vater etwas von der lächerlich kurzen Wärme abbekam.

Wenn das Feuer im Ofen loderte, saß Gwendolin im Ohrensessel und las. Sie kam jetzt schneller voran, weil sie sich nicht mehr darum kümmerte, was die Autoren geschrieben hatten. Gwendolin hatte längst begriffen, dass die Bücher den Vater nicht hielten und schon gar nicht beschützten, also las sie nur noch das, was der Vater früher mit seinem Kopierstift an den Rand geschrieben hatte, *Lächerlich!, Ungeheure Wendung!,* die lilagrauen Anmerkungen *waren* ihr Vater, waren jemand, den es schon lange nicht mehr gab. Später, wenn die Glut erloschen war, legte sich Gwendolin auf ihr Schlaflager im Wohnzimmer, in den Mänteln der Mutter und in Decken gehüllt und so schwach und hungrig, dass sie sich sogar nach Maisbrot sehnte, diesem gelben und duftenden Klumpen, der ekelerregend bitter schmeckte.

Die Kälte in diesem Winter sorgte dafür, dass die unglücklichen Schwestern Piwak einander noch ähnlicher sahen als ohnehin schon, mit wollweißen Gesichtern saßen sie in der Küche und wärmten ihre blauen Finger notdürftig mit kleinen Handarbeiten und ihre

Kehlen mit den letzten Tropfen Bärenfang. In der Stadt ergaben sich die Menschen, sie erfroren und verhungerten oder stellten einfach nur das Leben ein, und zwei- oder dreimal traf Gwendolin im Treppenhaus eine Totenwäscherin, die Eimer mit Schnee in jene Wohnungen schleppte, in denen der Feldzug dieses Winters von Erfolg gekrönt war. Nur der Vater blieb am Leben und starrte blicklos auf die Eisschicht der im letzten Sommer eingesetzten Fensterscheibe, als ginge ihn das alles nichts an.

Im Januar fingen die Hausbewohner an, um ihr Leben zu hacken. Die Geräusche veränderten sich, das Knistern der Eiskristalle und die Stille des fallenden Schnees, die nassen Stiefel auf den Holztreppen und das Zittern der Stadt und sogar das Husten in den Wohnungen, das alles wurde übertönt vom Gestotter der Äxte. Die Hausbewohner fällten den Fliederbaum im Hof und schlugen die Dielen aus ihren Wohnungen heraus, auch Meta Piwak bat Gwendolin um Erlaubnis, die Küche mit den Flurdielen heizen zu dürfen. Im Holzgeländer des Treppenhauses klafften schon bald so große Lücken, dass sich der Vater kaum noch abstützen konnte, wenn Gwendolin ihn hoch zum Klosett brachte und sein Humpeln noch mehr als sonst in sie überging. Und schließlich führte auch Gwendolin das Beil und schlug zwei Stühle und einen Tisch zu Brennholz, riss mit Meta Piwaks Hilfe ein paar weitere Dielen heraus und verfeuerte mit der Zeit alles, was im Wohnzimmer mit Leichtigkeit oder gar nicht zu entbehren war, nur das schwarze Klavier und das Schlaflager waren Gwendolin entkommen. Und die Bibliothek des Vaters.

Das Bücherregal war aus rotbraunem Holz und sehr groß, es reichte vom Wohnzimmerfenster zur Durchgangstür und bis unter die Decke. Tagelang wanderte Gwendolin vor dem Regal auf und ab, die Hände vergraben im äußersten Mantel der Mutter, den sie schon lange nicht mehr vor dem Vater versteckte. Als sie endlich eine Entscheidung getroffen hatte, fing sie an, die Bücher aus dem Regal zu holen, und staubiger wurde das Wohnzimmer und kälter, als Gwendolin die Bücher in Trümmertürmen auf dem Boden stapelte und bald darauf die ersten Bretter aus dem Regal schlug.

Eine ganze Woche lang brannte das Holz, und manchmal, da kam es Gwendolin so vor, als könnte der Vater im Schlafzimmer fühlen, woraus die Wärme gemacht war, die aus dem Nebenraum zu ihm drang. Dabei achtete Gwendolin darauf, dass sie den Vater jedes Mal durch die äußere Schlafzimmertür in den Flur führte, wenn sie ihn die halbe Treppe hoch zum Klosett brachte.

Staub und Feuer, dann wieder Kälte, der Schmerz in der Brust und in den Fingerspitzen, der Winter, der auch im Februar nicht aufhörte, und das Wohnzimmer voll mit Stapeln von Büchern, von denen manche schon einmal gebrannt hatten, Bücher, auf die kein Verlass war, weil sie den Vater nicht zurückholten. Trotzdem konnte Gwendolin wie von fern eine Art Entsetzen fühlen, als sie schließlich auch die Bücher Stück für Stück und Tag für Tag den Flammen des grünen Kachelofens übergab und alles, alles zu brennen begann: die Bücher und der Fisch und die Apfelsinen; *Ein kluger Gedanke!* und *Gewagt!* und alle väterlichen Anmerkungen, ehemals lilagrau und jetzt krähenschwarz, Shakespeare und Kleist und Hebbel und dieses ganze Kindsein in der Wohnung mit dem schwarzen Klavier, alles brannte und brannte und wurde zu einem Feuer, das jahrzehntelang nicht mehr ausgehen sollte und das die Wohnung trotzdem kein bisschen wärmer machte.

24

Warm ist es, April ist es, fast Mai, und Krischan sagt nicht viel. Er sitzt neben Gwendolin auf der Bank und nickt in ihren Augenwinkel hinein, ab und zu, wenn es passt. Krischan sagt nicht viel, viel sagen, das macht er nie. Aber wenn er etwas sagt, dann *du* und *gnädige Frau*, er sagt es anders als Böhlich, ohne Spott.

In den ersten Jahren hatten sie noch über Thea geredet. Krischan war Thea oft hinterm Geräteschuppen begegnet, wo sie, obwohl sie vorgeblich auf ihre Gesundheit achtete, heimlich und in hastiger Verzweiflung an einer Zigarette zog. Krischan hatte etwas gesehen, das ihm und anderen zu wissen nicht zustand, er konnte etwas bezeugen, das auf keinen Fall existierte, und er selbst existierte deshalb auch nicht mehr für Thea.

Gwendolin mag es, wenn Krischan neben ihr sitzt, wenn seine haarige Hand auf dem Holz liegt, wenn er nach Schweiß riecht und nach Erde. Und immer verteidigt sie Krischan, wenn Thea ihn *Strauchdieb* nennt, lass ihn, bitte, sagt sie jedes Mal, obwohl Krischan sich auch selbst wehren kann. Manchmal, wenn er kurz in den Schuppen geht, schleppt sich Thea mit ihrem Gartenstuhl trotzig vor die Stelle, die er gleich weiter bepflanzen will, blättert dort mit der einen Hand in einem Buch und zerreibt mit der anderen heftig eine Haarsträhne zwischen Daumen und Zeigefinger. Ab und zu sieht Gwendolin vom Küchenfenster aus, wie Krischan dann nur mit den Achseln zuckt und woanders weitermacht, und wenn sie kurz darauf bei ihm steht, ihm eine Hand auf den Arm legt und gar nichts sagt, dann murmelt er nur: Wem sagst du das.

Warm ist es jetzt, April, und Gwendolin will nicht über Thea reden, obwohl es anstünde, längst schon und dringend, über Thea, die nun jeden Tag Besuch von ihren Begleiterinnen hat, mit denen sie bitter Wache hält. Gwendolin räuspert sich, aber dann ist es ausgerechnet Krischan, der zu sprechen beginnt, und auch er will nicht über Thea reden, Krischan kratzt sich am rechten Unterarm und sagt: Er soll wieder da sein.

Ja, das soll er, erwidert Gwendolin und nickt der Birke zu.

Krischan dreht sich zu ihr und streicht mit grober Hand über ihre Schulter.

Wenn ich etwas höre in der Stadt, flüstert er, so als könnte ihn Thea von drinnen verstehen. Und wenn du mir ein Foto zeigst.

Gwendolin tastet nach seiner Hand, die immer noch auf ihrer Schulter liegt, seine Hand ist rau vor Erde und vor Leben, sie hört eine Fahrradklingel in der Ferne und etwas Amselhaftes ganz in der Nähe, sie hört das Bremsen einer Straßenbahn, obwohl es im Städtchen nur Busse gibt, dann nickt sie noch einmal, will etwas sagen, verschweigt es, schweigt.

25

Der Vater verschwand erst im Juni achtundvierzig, er hatte es sich längst zur Angewohnheit gemacht, nicht dann zu sterben, wenn es alle anderen taten. Sein Tod kam keinesfalls überraschend, schon Wochen vorher hatte er den größten Teil des kärglichen Essens, von Meta Piwak durch Gwendolin übermittelt, nicht mehr angerührt, und auch seine Umarmungen und die Schrift auf ihrem Rücken waren schwächer geworden.

Eine Woche bevor sich sein angedachtes Ende erfüllte, hatte er wie ein Vogel auf dem Boden gehockt, vier- oder fünfmal und jeweils viele Minuten lang, bevor er dann jedes Mal erschöpft in sich zusammenfiel. Weil er nur das linke Bein beugen konnte, stand das rechte nach vorne ab, und seine zitternden Hände hielt er hinterm Kopf verschränkt. Beim ersten Mal hatte

Gwendolin dem Vater noch aufhelfen wollen, war dann aber nur abgeschüttelt worden und hatte ihn schließlich ratlos in seiner gespenstischen Verrenkung belassen.

Stunden bevor der Vater starb, am Abend des dreizehnten Juni, sprach er ein letztes Mal, entließ die wenigen Worte, die sich in ihm angesammelt hatten. Gwendolin und er saßen wieder auf dem Bett und hielten einander fest, um all die fehlenden Krähen und die ganze fehlende Dämmerung zu verjagen. Der Vater, dessen Hand lange nicht mehr richtig zu spüren gewesen war, strich ihr über den Rücken von oben nach unten nach oben und mit Kraft, dann drückte er Gwendolin an sich, schob sie Sekunden später wieder weg und beugte sich zu seinem Nachtschrank.

Den zusammengeknüllten Zettel, den er aus der oberen Schublade holte, musste er gleich nach seiner Rückkehr dort versteckt haben, in einem Moment, als Gwendolin etwas Wasser oder Frau Liddy geholt hatte. Er drückte ihr das hellbraune, säuerlich riechende Papier in die Hand, und als sie es glattstrich, konnte sie eine Adresse erkennen. Ein Name stand da, Karl. Eine nie gehörte Stadt.

Der Vater, der sich jetzt wieder hingelegt und die Augen geschlossen hatte, räusperte sich lange und unbeholfen und probierte dann zum letzten Mal etwas, das er früher unentwegt getan hatte. Er sprach.

Fahr zu Jacken-Karl, versuchte er zu sagen. Spiel mir Schumann.

Der erste Satz geriet ihm zu laut, zu schroff, und immer wieder räusperte er sich, als wollte er die Worte gewaltsam aus ihrem Kerker stoßen. Den zweiten Satz flüsterte er nur noch, und es gelang ihm erst beim dritten Anlauf, *Schumann* auszusprechen. Spiel mir Schumann.

Gwendolin saß einfach nur da, sagte nichts und sah dem Vater ins Gesicht, das verdorrt und mit zusammengepressten Augen im Kissen lag, sah Augen, die irgendwann wieder aufgingen und flehend in Richtung Klavier blickten.

Sie stand auf. Was sie fühlte, fühlte sie nicht, es war noch fern von ihr, abseits, sie ahnte nur, was es sein könnte. Zum letzten Mal erhob sie sich von diesem Bett, stopfte sich den Zettel in die Kleidertasche, ging ins Wohnzimmer und schob einen alten Stuhl vor das Klavier, setzte sich, öffnete den Deckel. Schlug das einzige Notenheft auf, das den Winter vor anderthalb Jahren überlebt hatte, *Kinderszenen*, *Waldszenen*, alle Stücke zusammengeheftet, alt an den Rändern. Und als Gwendolin schließlich zu spielen begann, merkte sie, wie sehr sie aus der Übung waren, das schwarze Klavier und sie. Sie übersah die *Kinderszenen*, weil die die Mutter waren, überspielte die Mutter mit den *Waldszenen* vier ganze Male, und wenn sie die falschen Tasten anschlug, zuckte sie nicht zusammen, weil es hier nicht um Fehler oder falsche Noten ging. In Wahrheit spielte sie einzig um ihr Leben und noch mehr um das des Vaters, denn wenn sie aufhörte, würde er tot sein, das war ihr vollkommen klar. Was Gwendolin spielte, war ein Warten, ein ungeduldiges Klopfen auf den Tisch, es war ein wildes Beharren, ein Eindreschen auf das Unabwendbare, ein Lauschen, Tapsen, Kleinsein, ein Abschied wie ein Aufgeben, ein Schauen weitwohin mit gerunzelter Stirn, ein Schlendern, Hopsen, Nachhausetrotten war das, und bei den *Einsamen Blumen* schaute Meta Piwak mit hell erstauntem Gesicht ins Zimmer und wurde mit einem einzigen Blick zurück in den Korridor geschickt. Gwendolin spielte *Herberge* und *Jagdlied* und verstand beim vierten Mal *Jäger auf der Lauer*, dass ungefähr jetzt die Zeit gekommen war, um endlich zu weinen, aber sie konnte nicht, seit Jahren hatte sie nicht mehr geweint. Nur spielen konnte sie noch, den Vater am Leben lassen konnte sie noch, vier halbe Stunden lang, und nicht aufhören, nicht aufhören, nur noch spielen und zum letzten Mal einen Vater haben, sie spielte und weinte nicht, spielte spielte und –

Schlug den Klavierdeckel zu.

Zu.

Es hatte seit Wochen nicht geregnet.

Es war immer noch nicht Sommer.

Es war still.

26

Sie haben aufgehört zu lachen und schweigen hinter der Tür zum Salon, dort, wo früher nur verhüllte Möbel waren. Vor zwei Wochen ist es Thea in den Sinn gekommen, den Salon wieder in Betrieb zu nehmen, sie hat es beschlossen und augenblicklich ausgeführt. Seitdem halten Thea und ihre Begleiterinnen Wache im Salon, und seitdem ist Pirasol lauthals gefüllt wie damals zu Willems mittleren Lebzeiten, als Gwendolin oben bei dem Jungen gelegen und ihm die Ohren zugehalten hatte in diesen einsamsten, längsten Nächten, die sie noch heute verflucht und die sie noch heute herbeisehnt, weil der Junge bei ihr war.

Sie haben aufgehört zu lachen.

Gwendolin steht vor ihrem Zimmer, vor der geschlossenen Tür, und hält die Luft an. Sie wagt es nicht, einen

Schritt zu tun, ein Schritt würde das Gelächter von Thea und ihren Begleiterinnen wieder anfachen. Sie weiß, warum sie gelacht haben und weiter lachen werden, *liebe Thea* bringt sie zum Lachen, *es fällt mir nicht leicht* bringt sie zum Lachen, *ich bitte dich nun endgültig, wieder auszuziehen.* Stunden hat Gwendolin für diesen Brief gebraucht, sie hat ihn der Nacht abgerungen und ihn Thea am Morgen vor die Zimmertür gelegt, zögernd, aber immerhin.

Ein Schritt würde genügen, um Thea und ihre Begleiterinnen wieder zum Lachen zu bringen, also zieht Gwendolin die Schuhe aus, mühevoll und langsam. Auf Strümpfen schleicht sie zur Treppe, kein Lachen, kein Geräusch, sie nimmt die erste Stufe, nichts, nur die Angst in den Knien und der Schmerz, sie nimmt die nächsten Stufen, müht sich nach oben, sie ist eine alte Frau ohne Schuhe und geht trotzdem weiter, weiter, ihr Körper ist schwer, die Luft in der Lunge kaum zu spüren, und erst, als sie unter Hermes Ernesto Pirasol kurz anhält, setzt unten das Salongelächter wieder ein, die Holzstufen haben angeschlagen, fast so wie früher.

Sie hält sich am Geländer fest, die kalten Finger um das glatte Holz gepresst, *Mägdelein, Schätzchen, meijn Marjellchen.* Thea kann ihr nichts tun hier oben, aber dieses Lachen, denkt sie, dieses Lachen im Salon, und dass alles passieren darf jahrlebenlang. Dass man sich selbst nicht aushält in diesen Momenten und dass man mitlacht über sich selbst.

Die Angst sitzt ihr in der rechten Hand und in der Brust, die Angst führt ihr das Herz, führt Gwendolin jetzt wieder höher, Stufe um Stufe fort und hinauf, dann wird es besser, dann öffnet sie die Tür zur Bibliothek, dann ist sie endlich angekommen. Sie setzt sich in den Sessel am Fenster und beugt sich nach unten, um ihre Füße wieder in die Schuhe zu quetschen, ihre Brust liegt auf den Knien, sie kann nicht atmen so und die Schulter schmerzt, der Rücken schmerzt, so lange hält das an. Dann sitzt sie wieder aufrecht, und alles ist weiß hier und kaum berührt, das Laken zwischen ihr und dem Sessel, die Tücher, die die drei Bücherregale verhüllen, der ganze Raum ist weiß.

Gwendolin sitzt da und wartet auf etwas, auf einen kleinen Anflug von Mut, den sie schon einmal fühlen konnte, damals, an diesem Abend vor vierunddreißig Jahren, als die Trauergäste und Willems letzte amtierende Geliebte und sogar der immerwährende Böhlich endlich das Haus verlassen hatten und Willem sicher unter der Erde war.

Genau hier saß sie, auch damals schon auf einem Laken, mit dem Unterschied, dass sie zu jener Zeit und sogar nach den Trauerstunden viel mehr Kraft hatte als heute, genau hier sprang sie auf und lief mit zwei großen Schritten zum verhüllten *H*, schob das Laken am Regal etwas zur Seite und hinterließ zwischen Haarer und Höller eine deutliche Lücke. Das, was die Lücke vorher ausgefüllt hatte, stopfte sie achtlos in ihre

Tasche und nahm später den Achter-Bus dorfwärts, stieg aus und lief dann noch ein, zwei Kilometer zurück, hinein in die leuchtende Abendsonne und den stärker werdenden Gestank des örtlichen Klärwerks. Das Loch im Zaun hatte sie schon oft vom Bus aus gesehen und sich jedes Mal vorgestellt, *was* sie in die Becken befördern würde.

An diesem Trauernachmittag vor vierunddreißig Jahren kroch Gwendolin endlich durch den defekten Maschendraht und entschied sich schon bald für ein bestimmtes Becken, einen Tümpel mit absurdem Namensschild, das nur wenig mit ihrem Mut zu tun hatte, *Belebungsbecken* stand darauf, wo doch nichts und gar nichts belebt werden sollte. Aber sei es, dachte Gwendolin damals und zog dann die Lücke aus ihrer Tasche, dieses Buch, grau und schwarz und weiß und rot, ein trotziges altes Kindsgesicht unterm gelackten Haar, ein Witz von einem Bärtchen, das direkt aus der Nase floss. Schnell schleuderte sie das Gesicht in die stinkende Brühe, wo es langsam und schwerfällig zu schwimmen begann, wo es sich immer beschmutzter und wie ein Uhrzeiger durch das kreisförmige Becken bewegte und nicht einmal eine einzige Runde schaffte, übelriechend ergab es sich, versank mit dümmlichen Augen, kein Wort, kein Kampf, nichts, und als die Sache erledigt war im Sommer achtzig und dann nach zwei Monaten ein Schreiben vom Nachlassgericht kam, fing Gwendolin endgültig an, nach dem Jungen zu suchen.

Sie sitzt im Bibliothekssessel und wartet, aber der Mut kommt nicht, tatenlos sitzt sie da, in den Ohren noch das Gelächter, in den Knien die Stufen. Sie denkt an den Brief von letzter Nacht, der der zehnte oder zwanzigste Versuch war, Thea zum Auszug zu bewegen, Gwendolin zählt das nicht mehr. Aber zum ersten Mal hat sie Thea eine Frist gesetzt, eine kurze von sechs Wochen, die ihr aber gerecht vorkommt nach all den Jahren, in denen Thea ihren Bitten getrotzt hat.

Genug, sagt Gwendolin, sie spricht es regelrecht aus. Dann erhebt sie sich aus dem Sessel, langsam, schwer, es dauert lange, bis sie steht und die Füße ihr wieder zu Diensten sind, genug!, sagt sie noch einmal und viel lauter jetzt, denn selbst hier oben in der Bibliothek wird sie nicht ruhig, es glüht in ihrer Brust, ihr ist übel. Sie lässt sich aus dem Zimmer gehen, schiebt einen Fuß vor den andern, dann glücken ihr richtige Schritte, sie kann die Füße wieder heben, sie schafft die Stufen eine nach der andern, steigt ab und abwärts, sie *muss* das Haus verlassen. Wenigstens kurz.

Aber Gwendolin kommt nicht weiter als bis zum Salon, bis an die große Flügeltür, braun und holzvertäfelt, und sie denkt es nicht, sie *fühlt* es, fühlt abrupt, dass es noch etwas Schlimmeres gibt als eine zugeknallte Tür, etwas Lauteres und Bedrohlicheres, nämlich eine Flügeltür, braun und holzvertäfelt, die plötzlich neben einem aufgerissen wird und ein euliges Gesicht freigibt, einen Mund mit großen Zähnen und einen

Blick, in dem Zorn und Triumph und ein langgezogenes Kleinsein lauern.

Hiergeblieben!, ruft Thea, und ihre tiefe Stimme überschlägt sich schon bei *Hier*. Aber Gwendolin ist ohnedies stehengeblieben und schnappt nach Luft, zu groß war der Schreck, den sie noch immer in der Lunge fühlt.

Die Antwort, teilt Thea nun freundlich mit, die Antwort ist: *nein*.

Theas Lächeln. Mit kalt leuchtenden Augen und so, als wäre sie gerade dabei, sich ein größeres Lachen zu verkneifen, das stattlich hinter der Mund- und Kinnpartie wartet.

Ich habe dir alles geschrieben, hört Gwendolin sich sagen. Ich möchte, dass du auszieht.

Im Türrahmen tauchen Frauen auf, manche aus der Gemeinde, aber auch Neuzugänge hier und dort, abweisende Gesichter.

Ich könnte, erwidert Thea und macht eine kurze Pause, um mit dem Blick auf die Türrahmenfrauen zu deuten, dann gibt sie endlich preis, was sie könnte: Ich könnte bei jeder von ihnen wohnen, bei jeder hier in diesem Raum.

Die Frauen nicken angestrengt, und Thea wird lauter:

Aber den Gefallen tu ich dir nicht! Ich wohne hier, ich habe investiert, ich habe eine mündliche Genehmigung von dir.

Gwendolin schluckt ins Leere; wenn sie weinen könnte, würde sie jetzt weinen, wenn sie sprechen könnte, würde sie etwas sagen, aber sie kann nicht und bleibt stumm. Stattdessen spricht Thea, denn sie ist noch nicht fertig, noch lange nicht.

Wenn dein Brandstifter ins Haus kommt, dann rufen wir an, fertig. Wir kommen auf neun Söhne hier, Söhne, keine Verbrecher. Wenn dein Brandstifter hier auftaucht, rufen wir die Söhne an. Wenn der – *Junge* kommt.

Gwendolin taumelt, kann sich halten und dreht sich weg, wankt die paar Schritte zur Garderobe und reißt ihren Mantel vom Haken. Das meiste, das Thea ihr hinterherruft, hört sie nicht mehr, höchstens das eine oder andere Wort. Höchstens *naiv*, höchstens *Verbrecher*.

Und sie hört höchstens noch die eine Frage, Theas Triumph: Wenn er schon so lange in der Stadt ist, warum war er dann noch nicht hier? Besonders viel kannst du ihm nicht bedeuten.

Gwendolin bewegt sich hastig und so gut es geht auf die Eingangstür zu, darüber der Hölzerne mit Bart, immer noch. Sie öffnet die schwere, unwirsche Tür und fühlt die Kälte, die seit kurzem herrscht, bloß dass sie nicht weiß, wohin sie gehen soll, auf den Friedhof: nein, zu Hanne: verreist, nur dass sie nicht weiß, wo sie überhaupt noch hin soll. Also wankt sie geradeaus, einfach den Gartenweg entlang und auf das eiserne Tor zu, neben dem Krischan kniet und Unkraut zupft, sie sinkt und knirscht in den Kies ein und erschrickt, als er sich umdreht, sich erhebt, sie ansieht und selbst erschrickt.

Krischan.

Da steht er, ihr Gärtner, fünfzig und noch drüber, da steht Krischan, aber er zählt nicht, keiner zählt jetzt mehr. Sie fühlt, wie sich ihre entsetzten Augen nach vorn drücken, aus ihren Höhlen heraus, sie sieht ihren Gärtner an und starrt gleichzeitig ins Leere, spürt den leichten Buckel, den sie ihr Leben lang hatte, aber der erst seit ein paar Jahren sichtbar ist. Viel zu lang sind ihre hängenden Arme, und da ist es, bitte sehr: Sie ist allein, der Junge kommt nicht zurück, und alles ist zu einem einzigen Gefühl geworden, das Alleinsein und das Hilflossein und ihr ganzes Sosein, alles ist jetzt nur noch ein einziges Gefühl, groß, schwer und durch nichts und niemanden ungefühlt zu machen.

Aber Krischan. Da steht nach wie vor Krischan und starrt sie an. Gwendolin will zu ihm gehen und fragen, was los ist, warum er sie so anschaut, will den bärenhaften Mann halten und zittert die letzten Schritte auf ihn zu. Aber dann beginnt sie zu fallen, langsam wie Schnee fällt sie nach vorn und wird von Krischan gehalten, gnädige Frau, sagt er leise und hält sie an den Armen fest, drückt seine Hände in ihre Oberarme hinein und kommt doch nicht an gegen ihr Zittern, gnädige Frau, sagt er noch einmal, ganz leise, aber dann ruft er laut wie ein Kind, das endlich gehört werden will:

Wenn ich dir helfen kann, dann mach ich das. Ich mach das, gnädige Frau. Ich seh doch, was los ist. Ich kann alles sehen.

Gwendolin flackert und sieht dann rechts an Krischan vorbei, schaut zu den Gitterstäben des Tors und bekommt eine Ahnung, sie fühlt sie hinter der Stirn und in den Augen, diese kleine, zaudernde Witterung, es ist bloß ein Gedanke, nur das. Und eine Welle des Nichtmehrzitterns geht über Gwendolin hinweg, sie wird ruhig am ganzen Körper, löst sich aus Krischans besorgtem Griff, geht einen Schritt zurück und fragt:

Krischan. Was, wenn er nicht zurückkommt?

27

Der Vater lag da mit zum Tod heruntergelassenen Lidern, die Nase spitz und weiß, der Mund leicht geöffnet. Dünn sah er aus, bleich wie je, aber endlich nicht mehr fremd. Gwendolin hatte noch eine Zeit lang gewartet nach dem Knall des Klavierdeckels und dem Hall und der Stille, erst dann hatte sie gewagt, die wenigen Schritte zum Schlafzimmer zu machen. Fast unverändert lag er da, aber sie wusste gleich, dass er es geschafft hatte. Nur sein linker Arm mit dem feinen Kinderhandgelenk sah jetzt anders aus und lag nicht mehr auf seiner Decke, sondern auf die Bettstatt der Mutter hinübergestreckt, so als wäre der Vater endlich willens, nach ihr zu suchen. Und auch sein Gesicht hatte sich verändert, es sah erleichtert aus, fast froh, und die Brauen waren wieder Flügel geworden, matt, gebrochen, aber bereit.

Gwendolin im Türrahmen bewegte sich nicht, harrte lange so aus, bis sie links von sich im Fenster die rechteckige Dämmerung sah, zu spät, es war zu spät jetzt für alle Dämmerungen. Schräg hinter ihr ging die Wohnzimmertür auf und die unglücklichen Schwestern Piwak kamen herein, eine nach der anderen. Gwendolin drehte sich zu ihnen und sah, dass sie sich umgezogen hatten und nicht mehr grau waren, sondern schwarze Blusen trugen, alle gleich. Sie wurde schwesternweise umarmt, bevor sich die Frauen eine nach der anderen an ihr vorbeiquetschten so wie damals an Frau Liddy, um dann am Totenbett stehenzubleiben.

Nichts davon konnte Gwendolin verstehen: wie die Schwestern Piwak den Tod des Vaters von draußen erkannt hatten und warum sie es ihr überbrachten, dieses große Geschenk, jetzt nicht allein sein müssen, und wie es sein konnte, dass sich die Schwestern ausgerechnet jetzt, das erste Mal seit drei Jahren, in einzelne Menschen verwandelten und trotz ihrer gleichen Blusen zu einer Mutter, zwei ausgewachsenen Töchtern und einer Magd aus masurischen Tagen wurden.

Während Gwendolin weiter im Türrahmen lehnte, beteten die einzelnen Piwaks am Bett des Vaters, still, lange, mit schwarz leuchtenden Leibern. Dann entfernte sich immer wieder eine, holte etwas aus der Küche, kam zurück. Und als Meta Piwak einen Topf mit warmem Wasser ins Schlafzimmer geschleppt und ihn auf den Boden gestellt hatte, ging sie zu Gwendolin und küsste sie auf die Stirn.

Meijn Marjellchen, flüsterte sie, als hätte sie Angst, den Toten aufzuwecken. Du jeehst nach driieben besser und weijnst. Wir kimmern uns um alles.

Der Tote hinter ihr machte keine Anstalten, wieder aufzuwachen, und Gwendolin ging ins Wohnzimmer und machte keine Anstalten zu weinen, die ganze Nacht nicht. Während die Piwaks beim toten Vater blieben bis zum nächsten Morgen und sangen und still waren, saß Gwendolin vor dem Klavier und starrte auf das finstere Holz. Sie blieb fast die ganze Nacht so sitzen und weinte nicht, weinte nicht, saß einfach nur im Dunkeln und wartete, obwohl ihr nicht im Entferntesten klar war, worauf. Nur einmal schaltete sie das Licht an, ging zu ihrem Schlaflager und suchte aus dem Papierstapel daneben ein Dokument heraus, eine Urkunde, die sie im vorletzten Winter im Bücherregal gefunden hatte.

Noch am Morgen saß sie so da, schlotternd und müde, eine andere jetzt. Und als sie nebenan die Piwaks hörte, die gerade leise knarrend das Schlafzimmer in Richtung Korridor verließen, da wusste sie, was zu tun war. Sie musste versuchen, das Klavier zu verkaufen, vielleicht sogar in der Schule, in der die Mutter ab und zu unterrichtet hatte. Und sie musste einen Satz auf die Urkunde schreiben, so schnell wie möglich.

Als Erstes ging sie aber nach unten zu Frau Liddy

und wurde von ihr das einzige und letzte Mal umarmt, indem sie an den dampfenden weichen Körper herangezogen und von Frau Liddys linkem, gebeugtem Arm gleichzeitig von ihm weggestoßen wurde.

Ich kümmere mich um den Sarg, rief Frau Liddy dann herrisch. Sag das deinen Polacken. Ich sorge dafür, dass der Vater abgeholt wird. Ich sorge für ein Grab. Sag ihnen das.

Der Vater und das Klavier wurden erst drei Tage später abgeholt, am Mittwochmorgen, als weder Frau Liddy noch die Piwaks im Hause waren. Es war, als hätten sich die Sarg- und die Klavierträger abgestimmt und als würden sie sich jetzt darüber ärgern, denn sie standen sich die ganze Zeit im Weg und fluchten leise. Gwendolin war seit dem Tod des Vaters nicht mehr im Schlafzimmer gewesen und erschrak, als sie die Sargträger in den Totenraum führte und den Vater auf dem Bett liegen sah. Er steckte in einem viel zu weiten Anzug, um ihn herum lagen Blumen aus dem Hinterhof und seine fleckigen Hände waren ihm auf dem Körper übereinandergelegt worden, die Piwaks hatten seine kurze Suche nach seiner Frau also eingestellt. Die Fingernägel hatten sich lila verfärbt und das Gesicht sah nicht mehr friedlich aus, sondern so, als wäre dem Vater das Aufhebens, das um ihn gemacht wurde, ein wenig unangenehm.

Dann wurde Gwendolin von einem der Klavierträger

gerufen, und als sie das zusammengefaltete Blatt öffnete, das im Innern des Instruments gefunden worden war, und eine ungepflegte Schrift und keine gezogenen Zeilen entdeckte, als sie oben *Mein liebes geliebtes Waschweib* las, als da *liebes Irmchen* stand und *liebe Gwendolin* und *März 1943*, knüllte sie das Papier zusammen, stopfte es zum Jacken-Karl-Zettel in ihre Kleidertasche und rannte in die Küche, wo sie ihre Augen zusammenpresste und sich die Ohren zuhielt, so lange, bis sie wieder in den Korridor stürmte und sie dort gehen sah und schnaufen hörte, die Sargträger mit dem Sarg des Vaters, die Klavierträger mit dem Sarg der Mutter, schwarz wie Lackschuh. Und Gwendolin ging dem Leichenzug hinterher, stieg langsam die Treppe herab und folgte den Trägern bis auf die Straße, wo das Klavier auf einen Leiterwagen verfrachtet und kurz darauf von einem Pferd davongezogen wurde. Die Sargträger brauchten etwas länger, um den Vater wegzubringen von der Stelle, von der er schon einmal für immer weggefahren war und ohne ein einziges Buch.

Als Gwendolin allein auf der Straße stand, hämmerte es in ihren Ohren, sie konnte Pferdemist riechen und Ersatzkaffee, sie fühlte die Pflastersteine unter ihren noch nackten Füßen und stöhnte laut auf, weil sie plötzlich begriff, dass sie nach oben und später wieder nach unten rennen musste und dass sie keine Zeit mehr hatte, jedenfalls nicht hier. Sie wusste, dass es vorbei war.

Am Abend stand sie in einem überfüllten Waggon. Aus der Wohnung in Wilmersdorf war sie gegangen, wie die unglücklichen Schwestern Piwak sie vor drei Jahren betreten hatten: beschämt und auf der Flucht, mit einem Bündel auf dem Rücken und viel zu viel Kleidung am Leib; sie hatte Stunden gebraucht, um auf den holprigen Wegen nach Kreuzberg zum Bahnhof zu kommen, von dem nur noch die Außenwände standen und in dem trotzdem gerade die Wartehalle neu eröffnet wurde.

Mehrere Tage war Gwendolin unterwegs, schlief nachts in Bahnhofsresten, legte den hungrigen Kopf auf ihr Bündel und quetschte sich tagsüber in die überfüllten Züge, und auf der letzten Fahrt öffnete sie das zusammengeknüllte Blatt, das ihr die Klavierträger gegeben hatten, erst da begann sie den Vater zu lesen, den Vater, wie er vor Oranienburg-bei-Berlin gewesen war. *Mein liebes geliebtes Waschweib!*, las sie im Fahrtgestank der ungewaschenen Menschen, las an zerstörten Städten und Bahnhöfen vorbei, wurde angerempelt, las, bekam wenig Luft, las, las, und als der Zug endlich ankam in Jacken-Karls handlicher Stadt, die beinah im Holländischen lag, da faltete Gwendolin das Blatt zusammen und stand auf.

In diesem Moment setzte das Fühlen wieder ein.

In diesem Moment setzte die Traurigkeit wieder ein.

Sie würde nie mehr aufhören.

28

Auf dem Weg aus Berlin heraus rührte sie den Brief des Vaters nicht an, Hunderte von Kilometern und Dutzende von geschundenen Städten lang spürte sie ihn in der Kleidertasche, ohne ihn auch nur einen Millimeter herauszuziehen. Da war diese Angst vor seiner wilden Schrift, vor dem, was der Vater gewesen war, bevor er halb tot vor der Wohnungstür gestanden hatte, und nach wie vor fand diese Angst fern von ihr statt, ein paar Reisende weiter. Aber die Angst war entschieden da, es war *ihre* Angst, und sie hielt Gwendolin davon ab, den frühen Vater aus der Tasche zu holen.

Die vielen Menschen hier. Selbst wenn sie gewollt hätte, wäre sie nicht gefallen, so eng standen sie im Waggon, stinkend aneinandergedrückt in der breiigen Hitze der Zugfahrt. Die meisten waren gereizt, die ratternd Stehenden und die ratternd Sitzenden, aber einer machte sich trotzdem die Mühe, Gwendolins Gesicht zu bemerken: Augen braun wie vom Reh, sagte jener schwitzende eine, der sie wohl auf den bevorstehenden Jacken-Karl vorbereiten sollte, so anzüglich, wie er sich an sie presste, Augen braun wie vom Reh, aber der Blick einer Umnachteten!

Eine Umnachtete. Und warum nicht? Am Ende stimmte das sogar, dachte Gwendolin, während sie nicht aufhören konnte, so zu blicken: mit Augen, die ins Leere starren, mit einem halb geöffneten Mund, der mitstarrte, sie konnte das alles fühlen. Ja, es stimmte wahrscheinlich, dass sie eine Wahnsinnige war. Aber war man das nicht ohnehin, wenn man alles hinter sich gelassen hatte, wenn man gegangen war ohne Wort und Abschied? Sogar Berlin hatte diesen entrückten Blick, die Stadt und die Menschen und all die angedeuteten Häuser, und alle schlugen sie sich herum mit ihren nicht geglückten Abschieden.

Gwendolin hatte es immerhin versucht. Sie stand auf hungernden Beinen im Zug, war schon zweimal umgestiegen, hörte jemanden *Hier stand einmal Hannover* sagen oder *Lassen Sie mich durch!*, und sie hatte es wirklich versucht. Nachdem sie nach der letzten Abfahrt des Vaters wieder oben in der Wohnung angekommen war, hatte sie noch eine halbe Stunde dort gewartet, hatte dagesessen und zwischendurch ihr Bündel achtlos gepackt und sich nur mit den Dingen aus

Papier ein wenig Mühe gegeben, mit den Heften und Bildern und Briefen.

Aber die unglücklichen Schwestern Piwak kamen nicht, waren vielleicht noch auf dem schwarzen Markt drüben in Charlottenburg, hatten womöglich eine Büchse Schmalzfleisch organisiert, zum zweiten Mal in dieser Woche, alle Achtung. Die Piwaks kamen und kamen nicht, nicht die Mutter, nicht die beiden Schwestern, nicht die Magd aus masurischen Tagen.

Gwendolin hatte in der Küche gesessen, hatte mit der Hand Brotkrumen hin und her gewischt und auf das Papier gestarrt, das vor ihr auf dem Tisch lag, *Schenkungsurkunde* stand oben, darunter die Namen ihrer nie gekannten Großeltern, dazwischen die Wohnung – drei Zimmer und eine Küche, dritter Stock, Mitte. Sie wollte das Geschenk weiterreichen an die vier Menschen, die selbst ein Geschenk gewesen waren, damals, als sie schwitzend und ungewaschen auf der Flucht gewesen waren wie Gwendolin jetzt auch. Möglicherweise reichte ein bloßer Satz, mit hastigem Kopierstift dazugeschrieben, *Hiermit schenke ich Frau Meta Piwak diese Wohnung*, dazu noch eine Unterschrift, das Datum ihres auf ewig letzten Tages in Wilmersdorf, irgendwo der Tag ihrer Geburt, zweiter März dreißig.

Im Zug fragte sich Gwendolin, wie die Piwaks auf die Urkunde reagiert haben mochten, auf die Kette und das silberne Armband und die zwei Ringe, die Gwendolin damals in einem Versteck im Bücherregal gefunden hatte, der einzige Schmuck der Mutter, der dem Russen entgangen war und den Gwendolin um nichts auf der Welt behalten wollte. Sie fragte sich, ob die Piwaks zur Feier des Tages gleich die Büchse mit dem Schmalzfleisch geöffnet oder ob sie nur den Kopf geschüttelt hatten, weil Gwendolin jemand war, der ohne Gruß und Dank gegangen war.

Und Frau Liddy? Frau Liddy. Gwendolin hatte an ihre Tür gehämmert und dann noch eine ganze Weile davorgestanden, neben der Doppelseite aus der Illustrierten, die den rechteckigen Fleck verdeckte, den das weiße Emailleschild zurückgelassen hatte, *Dr. Samuel Weinreb, pract. Arzt*. Frau Liddy hatte die Doppelseite mit Heftpflaster an der Wand befestigt, *Man nimmt: Sparta, 4711 Sparta Creme*, perfekt ausgerichtet, kein bisschen schief, und doch, die rechte obere Ecke der Reklameseiten hing herab und gab Frau Liddys vergeblichen Versuch preis, die helle Spur des Arztschildes unkenntlich zu machen.

Frau Liddy war nicht gekommen, und Gwendolin hatte ihr kaum etwas hinterlassen, keine Wohnung, keinen Abschied, keinen Freispruch, nur ihr Fotoalbum, das sie an Frau Liddys Tür lehnen musste, weil sie es nicht mehr tragen konnte. Und es war, wie es war, Gwendolin würde sich auf ewig nicht bedankt haben, und sie würde auch das Grab des Vaters nicht kennen, obwohl dieses, irgendwo in Berlin, ohnehin nicht zählte.

Das echte Grab des Vaters war in Oranienburg-bei-Berlin und hatte damals vor drei Jahren nur einen Boten geschickt, der ungefähr so aussah wie der Verschollene und der langsam, aber entschlossen in den Tod des in Oranienburg verbliebenen Vaters hineinstarb.

Je mehr sie die Züge von den unglücklichen Schwestern Piwak und von Frau Liddy entfernten, desto mehr war Gwendolin auf der Flucht, desto einzelner und verlassener wurde sie. Schnaufend ratterte sie der Zug fort von dem, was gut und später umsonst gewesen war, und jetzt hatte sie nur noch ein graues geflicktes Bündel zwischen den Füßen und etwas Papier in der Kleidertasche: den Brief des Vaters und die Adresse von jenem Jacken-Karl, mit Kopierstift auf ein sauber ausgerissenes Stück Briefbogen gekritzelt, auf die schmierig vergilbte Rückseite von

Konzentrationslager
Sachsenhausen
Oranienburg bei Berlin
Auszug aus der Lagerordnung.

Aber um diese Adresse ging es schon lange nicht mehr, es ging jetzt um eine andere, eine Stadt mit einem viel zu verschnörkelten K, es ging um einen Fremden, der ein Freund des Vaters gewesen sein musste und der eventuell noch lebte und sie bei sich aufnehmen und ihr irgendwann vielleicht von Oranienburg-bei-Berlin erzählen würde.

Züge, Züge, dieses Rumpeln, Hecheln, scharf der Geruch, sauer. Keine Luft, nichts. Als Gwendolin den Brief dann endlich doch aus der Kleidertasche zog, hatte sie den größten Teil der Strecke schon geschafft. Tage war sie unterwegs gewesen, Nächte, Dutzende von Hungeranfällen lang. Sie hatte die meiste Zeit gestanden auf den vielen kurzen Strecken, für die der Zug je eine Ewigkeit brauchte und die von langen Fußmärschen unterbrochen wurden. Erst spät, im letzten Zug, hatte sie einen der harten Sitzplätze ergattert, aber die Fahrt wurde dadurch nur noch anstrengender, weil sich von links und rechts jemand an sie drückte und Gwendolin fast zerquetschte, und nun hatte sie keine Kraft mehr, den Brief nicht zu lesen.

Mein liebes geliebtes Waschweib!,
liebes Irmchen,
liebe Gwendolin!

Sie musste den Brief immer wieder auf ihren von der Zugfahrt zitternden Oberschenkeln ablegen, es war ihr gleich, ob jemand mitlas, es würde ohnehin keiner verstehen. Und wenn sie den Brief ruhen ließ, stellte sie sich vor, wie der Vater beim Schreiben ausgesehen hatte: wie er den Briefbogen auf dem schwarzen Klavier abgelegt hatte oder auf dem Schreibtisch oder auf seinen ebenfalls zitternden Oberschenkeln, mit einem seiner geliebten Bücher als Unterlage. Das Papier musste glatt gewesen sein und noch nicht so narbig geknüllt, fünf klavierne Jahre hatte es hinter sich und viermal die *Waldszenen* von Schumann, *sie werden mich abholen und nicht mehr gehen lassen, ich kann es fühlen*, und draußen die Felder, die Bäume, der abgeschnittene Himmel.

Regentropfen auf der Scheibe.

Wahrscheinlich hatte der Vater gedacht, dass sie ihn jeden Augenblick abholen würden, denn seine Schrift war auf eine andere Weise wild als früher, sie hielt keine Freude, zeigte nicht die übliche Aufregung. Was Gwendolin in der Schrift des Vaters sah, war reine Angst.

Manches konnte sie nur mit Mühe lesen, seine ganze Liebe für die Mutter und für sie, unbändig und zeilenlang, und weiter unten stand auch etwas über die Bücher, *Gwendolin, Du wirst sie noch nicht mögen, aber lies sie irgendwann, sie können Dich beschützen*, nein, hochsehen, wegsehen, sofort, aus dem Fenster blicken: ein Büschel Gleisabschnitte, zwei umgekippte Waggons, Stahlgerüste, grüngelbes Gras, hochsehen, wegsehen, wieder lesen, *und bis dahin beschützt Euch selbst, liebe Gwendolin, liebes Irmchen, zutiefst geliebtes Waschweib, seid zuversichtlich und habt Vertrauen in die Schliche,*
habt
und
habt –

Der Bahnhof von Jacken-Karls Städtchen war kaum noch vorhanden. Aber Gwendolin hätte ohnehin keinen Sinn dafür gehabt, für kein Bahnhofsgebäude dieser Welt, denn sie fühlte etwas, was sie seit der Zeit hinter Samuel Weinrebs Medikamentenschrank nicht mehr gefühlt hatte: Zum ersten Mal seit drei Jahren war sie wieder traurig, ein trauriges Stück Mädchen, ein trauriges Stück Frau, das leer und glühend über das Pflaster rutschte, mit Blasen unter den Füßen und einem Staubschleier auf der Haut. Sie hatte den Vaterbrief zusammengefaltet und dann beim Aufstehen so gezittert, dass der unrasierte Mann neben ihr erschrocken geflüstert hatte: Ich hab ja auch Angst. Vier Jahre war ich nicht hier.

Aber Gwendolin hatte keine Angst, auch jetzt nicht, im strömenden Regen einer unbekannten Stadt, nur eines hatte sie noch: den Wunsch, endlich zu weinen, schluchzend nach dem Vater und der Mutter zu rufen wie ein kleines, trostloses Kind, auf einem Schutthaufen, einem Bordstein, irgendwo. Sie wollte sich die letzten Jahre aus den Augen weinen, all das Warten und Wissen, die ganzen Tode und die langen Winter, die Schreie der Krähen. Aber die Tränen kamen nicht, da war nichts als Traurigkeit, so trocken, dass es wehtat. Sie war endlich traurig, aber sie konnte nicht mehr weinen.

Alles war grau, der kalte Regen floss ihr in den Nacken und überallhin, aber sie rutschte weiter einem

Ziel entgegen, von dem sie nicht die geringste Vorstellung hatte, wo es sich befand. Die Schaufenster hier kamen ihr voller vor als zu Hause in Wilmersdorf, übervoll sogar, obwohl die Augenpaare, an denen sie vorüberging, alle noch hungrig aussahen. Sie schleppte sich an Läden vorbei mit Kerzen und Marienfiguren und Bärtigen in der Schaufensterauslage, heiligen Kitschläden, die selbst von draußen nach altem Urin rochen, und ob er nun geweiht war oder nicht, er unterschied sich in nichts von dem Urinanteil des Zuggestanks.

Und jetzt? Nein. Sie wusste nicht, wohin. Sie wusste nur eins: dass sie jetzt, nach so vielen Tagen, allein war. Vollkommen allein.

Und als es dunkler wurde, fing Gwendolin an, Passanten den Zettel mit Jacken-Karls Adresse zu zeigen. Viele gingen einfach weiter, nur wenige blieben stehen, und zwei oder drei drehten als Erstes den Zettel um, so als würde die Wahrheit immer umseitig geschehen, auf der Rückseite von allem. Und was sie da lasen, was sie vielleicht verstanden und vielleicht nicht verstanden, ließ sie zusammenzucken und den Brief auf angewiderte und gleichzeitig unbeteiligte Weise zurück in Gwendolins Hand drücken.

Erst spät hielt eine kleine Gruppe von drei Personen an und schien bereit, sich auch mit der Vorderseite des Papiers zu befassen. Ein glatzköpfiger Mann nahm den Zettel, schützte die Schrift mit der Hand vor dem Regen, las und sagte: Soso, das alte Hotel, zum alten Hotel wollen wir also, woraufhin eine Frau zischte, ein Hotel ist das schon lange nicht mehr, das ist die Mädchenschule, weiß doch jeder hier. Am Ende gewann eine andere Frau, die die Stirn runzelte und kopfkratzend sagte: Nein, so heißt die nicht mehr, aber wie heißt sie denn nun? Lang ist das nicht her, dass sie einen neuen Namen hat. Na, Mädel, wie dem auch sei, die Schule ist jedenfalls am Großen Markt, einfach die Straße lang, dann rechts, sie ist gleich da vorn.

Die Schule war gleich da vorn. *Hauswirtschaftliche und gewerbliche Berufsschule für Mädchen* stand auf einem nassen Streifen Stoff über der Eingangstür des vom Krieg nahezu unberührten Gebäudes, das wirklich nach allem auf einmal aussah, nach Hotel und Mädchen und Hauswirtschaft und Gewerbe. Nach gerade noch mal davongekommen.

Gwendolin ging eine kleine Treppe bis zur Eingangstür hoch und fand ein Klingelschild, *Karl Häussermann, Direktor, priv.*, drückte mit ihrem nassen Finger auf den Klingelknopf und stellte ihr Bündel ab. Sie drehte sich um, atmete ein und schnell wieder aus, sah auf den gepflasterten Platz, sah den Regen. Zwei Nonnen im kleinsten Gleichschritt, Tauben, ein Kind wie ein Greis, der Geruch feuchter Pflastersteine, und nirgends Trümmer hier, jedenfalls nicht auf dem Platz, nur zwei oder drei Amputierte weiter hinten, nur ein steinerner Reiter ohne Oberleib in der Mitte des Platzes, der Abend, dieser Abend überall, das alte Grau gestutzter Häuser gegen den dunklen Himmel.

Und während sie hinter sich Schritte hörte und Stimmen, nahm Gwendolin Abschied – von Frau Liddy, von den Schwestern Piwak, vom Vater, der Mutter. Während sie hinter sich ein Klappern hörte, das umständliche Rasseln eines Schlüsselbunds, da ahnte sie noch nicht, dass Karl Häussermann, Direktor, priv. beim Lesen der Oranienburger Rückseite in Gelächter ausbrechen, dass sein lüsterner Blick kurz danach über ihre Rippen rattern und dass das immer so bleiben würde. Sie ahnte noch nicht, dass Frau Direktor Häussermann mit den schiefen Wasserwellen ihr kurz darauf abschätzig zuraunen würde, sie habe wohl einen der letzten Züge aus Berlin erwischt, leider, und dass dieses abschätzige Raunen immer so bleiben würde. Und als hinter ihr der Schlüssel im Schloss umgedreht wurde, da ahnte sie auch noch nicht, dass ihr Ansinnen, von irgendwem Abschied zu nehmen, abgrundtief aussichtslos war. Unausführbar.

29

Der Morgen, der Mai, und etwas ist anders. Gwendolin wacht immer zweimal auf, das erste Mal gegen drei, nach den Träumen, nach dem Vater, der Mutter, dem Kind, das zweite Mal, wenn es draußen schon hell ist, sommers wie winters, ganz egal. Wenn sie nach den Träumen erwacht, ist sie voll von Nacht und von Traurigkeit, sie kann kein Ende sehen, von beidem nicht, und sie kann auch nicht mehr in den Garten flüchten, jetzt nicht mehr.

Morgens, wenn sie zum zweiten Mal hier ankommt in ihrem Bett in ihrem Zimmer, ist die Nacht aufgebraucht und die Traurigkeit noch da, natürlich. Doch über dieser Traurigkeit liegt für gewöhnlich noch etwas anderes, jeden Morgen erwacht Gwendolin mit dieser Gewissheit, dass alle Menschen aufhören können, jederzeit, in den unscheinbarsten Momenten. Dass einem niemand sicher ist und dass einem keiner ganz gehört.

Aber heute liegt etwas anderes über ihrer Traurigkeit, zum ersten Mal wacht Gwendolin auf und ist ein Mensch mit Zuversicht. Es ist die kleinste Menge an Zuversicht, ein Hauch, nichts weiter, und es passiert zum ersten Mal, es ist fast ein Anfang.

Sie richtet sich auf mit langsamem Schmerz, schiebt die Beine über den Bettrand und zieht ihr Nachthemd über die Knie, sie kann die blauen Flecken auf den Schienbeinen nicht mehr zählen und weiß nie, wo sie herkommen. Das neue Gefühl liegt ihr warm in der Brust, sie weiß etwas, es ist ihr gleich nach dem Aufwachen klargeworden. Das Übliche. Dass alle Menschen. Jederzeit.

Aber seit dem Aufwachen weiß sie, dass auch die anderen aufhören können, diese anderen, die sie *nicht* bei sich haben will. Und Gwendolin fühlt, dass ihre Augen nach unten starren und dass ihr Mund ein wenig lächelt. Sie seufzt, nimmt alle Kraft zusammen und erhebt sich.

30

Willem stand auf, holte binnen Sekunden zum Schlag aus, beförderte seinen rechten Arm schnell einatmend nach hinten und wieder nach vorn, um dann auf halber Strecke umzukehren und den Jungen lieber doch in dessen Zimmer einzusperren, sechs ganze Wochen lang hinter streng verschlossener Tür.

Es war ein verschwommener Sommer, der zweite ohne Zeeland, seltsam verregnet, bedenklich farblos, schon wieder, und der Junge, ein dünnes Kind mit tiefgefallener Stimme und nackenlangem Haar, war vierzehn Jahre alt und die einzige männliche Person im Land, die sich in dieser Zeit nicht für die Weltmeisterschaft, sondern für Zwangsarbeiter der Unteren Rheinniederung interessierte.

Es war eines von zehn Aufsatzthemen zur Regionalgeschichte, erdacht von einem aberwitzigen Lehrer und versehentlich oder wohlüberlegt zu den übrigen Themen geschmuggelt, die allesamt banal waren. Seit dem Krieg war nie und nirgends von Zwangsarbeitern die Rede gewesen, nicht dass sich Gwendolin erinnern konnte. Wenn es um die Zeit der Verirrten gegangen war die letzten dreißig Jahre, hatten sich die meisten in Stillschweigen und Nichtschonwieder gehüllt, Willem und Böhlich und Hannes Eltern, auch Jacken-Karl und Frau Direktor Häussermann, die anfangs sogar verjährte BDM-Führerinnen bei sich beschäftigt und zum Rest nicht viel zu sagen hatten. Vor allem nicht zu Oranienburg-bei-Berlin.

Erst vor sechs oder sieben Jahren waren die Verirrten wieder ein Thema geworden, auf den Straßen der großen Städte und auch in den Radiosendungen, die sich Gwendolin in der Küche anhörte und die von Willem so gerne abgestellt wurden. Aber Zwangsarbeiter, nein. Sklaven in alltäglichen Fabriken, überall im Land verteilt? Davon war nie die Rede gewesen.

Und dann wagte es ausgerechnet der Junge. Pünktlich zum Ferienbeginn im Sommer vierundsiebzig kam er eben doch auf Zwangsarbeiter zu sprechen, leise, aber mit einigermaßen festem Blick. Im regendunklen Salon erzählte er Willem von dem Aufsatzthema und fragte dann, weil er sowieso gerade dabei war und weil es bei einem Vater wie seinem nahelag, nach der Papierfabrik.

Willem war zu dieser Zeit bereits ein alter Mann und ging zwar noch nicht auf die hundert, aber deutlich auf die siebzig zu, behäbig, gewichtig, in seiner Boshaftigkeit jedoch flinker denn je. Er zerrte, nachdem er von dem angedachten Schlag ins Gesicht wieder abgekommen war, den Jungen eigenhändig nach oben in dessen Zimmer, zog ihn am Ohr bis ins zweite Stockwerk, vorbei an Hermes Ernesto Pirasol und vorbei an Willems Eltern in geädertem, altem Öl, die eine Treppenbiegung höher hingen, die Mutter vogelköpfig und spitz, der Vater mit den gleichen grauen Augen wie Willem. Und als der Junge schließlich in seinem Zimmer angekommen war, wurde er eingesperrt, um über das nachzudenken, was er dem ureigenen Vater und vor allem dessen seliger Familie unterstellt hatte.

Der Junge ergab sich lautlos, ohne Fragen. Ohne Antworten. Allein. Und schon ein paar Stunden später hatte Willem die Sommerferien des Jungen ausreichend und mit gewissermaßen liebevoller Akribie geplant und als Erstes einige Leute vom Sicherheitspersonal der Fabrik abgestellt, die dann auf einem Stühlchen vor dem Jungenzimmer abwechselnd Wache hielten und die Klosettgänge und die Lieferung der Mahlzeiten und ganz besonders den Zimmerschlüssel überwachten. Gwendolin setzte sich fast unverzüglich dazu, auf einen anderen Stuhl, und wartete. Alle paar Tage wandte sie sich mit einem Gnadengesuch an Willem, das jedes Mal kaltäugig abgelehnt wurde und einmal sogar mit einem roten Armband an Gwendolins Handgelenk quittiert wurde, dessen Farbe später zu Blau zu Braun zu Grün zu Gelb wechseln sollte.

Der Junge war nicht das erste Kind, das in der Villa eingesperrt wurde. Früher war Klöpsken hier regelmäßig unter Verschluss gehalten worden, nur ein paar Zimmer weiter. Im Gegensatz zum Jungen war sie aber niemals still gewesen, nie, sondern hatte fortwährend gegen die Tür gehämmert und *Lass mich hier raus* geschrien und *Ich habe Angst!*

Gwendolin hatte es damals erstaunlich und unerträglich gefunden, dass sich niemand im Haus darum kümmerte. Klöpskens Schreie gehörten zum guten Ton der Villa, genau wie das Brüllen ihrer Mutter. Niemand, nicht einmal Willem als Hausherr, hatte ernstzunehmende Einwände, wenn die Hauswirtschafterin Klöpskens halbvollen Teller auf den Küchenboden werfen musste, weil ihre Tochter zu gierig gegessen hatte, oder wenn sie Klöpsken im Garten mit einem Stock von der schlaksigen Eiche herunterschlug, auf die das Mädchen geflüchtet war, oder wenn sie ihrer Tochter so lange in den Oberarm oder in die Wange kniff, dass es Abdrücke hinterließ, oder wenn sie ihr mit einer Tafel Schokolade auf die Hand hieb. Oder, was am schlimmsten war, wenn sie Klöpsken tagelang ignorierte.

Die ersten Male hatte sich Gwendolin noch eingemischt, war aber weder von der Hauswirtschafterin erhört noch von irgendwem sonst im Haus unterstützt worden, im Gegenteil. Man gab ihr das Gefühl, dass sie ihrer Zeit hinterherhinkte, voraushinkte, wie auch immer. Aber Gwendolin hatte schon damals beschlossen, dass sie so etwas niemals zulassen würde, mit aller Kraft würde sie das verhindern. Sollte sie jemals, jemals ein eigenes Kind haben.

Der Stuhl, auf dem Gwendolin saß, war knarrend weiß, und von ihrem Platz aus konnte sie Willems Eltern auf dem Gemälde sehen. Und während vom Jungen nichts zu hören war, tat sie draußen das, was eigentlich der Junge tun sollte. Sie dachte nach.

Gewiss, es hatte Gerüchte gegeben. Einige Jahre nach der Hochzeit war Gwendolin zum ersten Mal zu Ohren gekommen, dass Willems Vater ausgezeichnete Verbindungen zu den städtischen Verirrten gehabt hatte und sogar zu dem da oben, den er so herrisch wie möglich zu ehren versuchte.

Nein, Gwendolin saß nicht gerne vor dem Jungenzimmer. Nicht, wenn es abgeschlossen war und ihr den Sohn nahm. Nicht, wenn ein mürrischer Wachmann neben ihr saß und kein Wort zu ihr sagte. Also schaute sie treppabwärts und betrachtete Willems gemalte Eltern: einen harschen Papierfabrikanten und ein holländisches Mägdelein, weiß Gott keine Schönheit, zwei Menschen, die mit jeder Geste voneinander wegstrebten, dunkle, stolze, unglückliche Gestalten. Ja, es hatte Gerüchte gegeben, vor allem über die Söhne, von denen der eine, Hendrik, wohlgelitten und der andere eben da war. Sie waren Junggesellen mit erheblichem Kontakt zur hiesigen Damenwelt und jahrelang in der elterlichen Fabrik zugange gewesen, so lange, bis sie eingezogen wurden und den Krieg mehr oder weniger überlebten, Willem ganz und Hendrik immerhin bis Oktober vierundvierzig, als er Heimaturlaub hatte und eines zerbombten Morgens Schutz in einem Bunker der Unterstadt suchte, dort aber etwas anderes fand, und das war der Tod.

Gerüchte, überall. Der Tod, überall. Man erzählte sich auch, dass Willem die Fabrik gehasst hatte, dann aber, als seine Eltern während der Beschlagnahmung von Pirasol gestorben waren und er der neue Fabrikdirektor und Villenbesitzer wurde, geradezu aufblühte. Es hieß sogar, dass er weiterhin unter der Fuchtel des toten Vaters stand. Lauter Gerüchte. Schwer zu belegen.

Aber dass Willems eigener Sohn, dass der Junge sechs Wochen lang eingesperrt war, das stimmte, das war vollkommen wahr, und Gwendolin konnte nichts dagegen tun. Sechs Wochen waren eine Ewigkeit, vor allem für einen Vierzehnjährigen, die sechs eingeschlossenen Wochen waren das Gegenteil von den Sommern in Zeeland. Wenn der Wachmann die Tür aufschloss und Gwendolin einen Teller mit Essen auf den Boden stellte, dann musste es für den Jungen so aussehen, als würde sie dieses Eingesperrtsein befürworten, als würde sie mit Wache halten und wäre eine von denen. Eine wie Willem.

Der Junge strafte die ihm hingestellten Speisen jedes Mal mit Verachtung und einem nur geringen Verzehr, Pökelbraten und Eierpudding, Mandelfisch und Prager Omelett und selbst seine Leibspeise, Schnitzel, Zitrone, Püree, ließ er stehen. Wenn die Tür geöffnet wurde, damit Gwendolin die vollen Teller ins Zimmer stellen oder die fast vollen abholen konnte, saß der Junge an seinem Schreibtisch am Fenster, unbewegt, aufrecht. Sein magerer Rücken konnte jeden Moment in sich zusammenfallen, die spitzen Schultern sich jeden Augenblick zum Flug erheben, der Junge sah aus, als wäre er die ganze Zeit *kurz davor*, nur: wovor? Gwendolin konnte sie nur schwer ertragen, die Qual und die Würde des Jungen, sie konnte die endlosen Wochen nicht ertragen und ließ den Jungen, der so allein wie nur irgendwer war, fast nicht allein. Nur nachts legte sie sich für einige Stunden in eine der leeren Mädchenkammern, und weiterhin spielte sie Willem Abend für Abend die *Waldszenen* vor, ließ aber die Musikzimmertür weit offen stehen, womöglich hörte der Junge etwas, ja, sie spielte jetzt nicht für Willem, sie spielte einzig für den beinahe verlorenen Sohn und hielt damit nicht nur ihren Vater, sondern vielleicht sogar den Jungen am Leben.

Und dieser Gedanke, diese Frage, was das für Mütter waren, die nicht die Axt aus dem Schuppen holten und oben die Tür des Jungenzimmers zerschlugen und alles, was sich ihnen in den Weg stellte. Doch sie war keine

Frau für Äxte und schaffte es nicht einmal, Hanne im Buchladen anzurufen und zu sagen, dass sie nicht vorbeikommen könne in den nächsten sechs Wochen. Sie schaffte es nicht, Hanne anzurufen, weil sie sich schämte, weil sie scheiterte und das Wichtigste nicht vermochte: ihr Kind zu bewahren. Ihr abgelegenes Kind.

Gwendolin begriff es ein paar Wochen nach den Sommerferien, erst da wurde ihr klar, was der Junge die ganze Zeit in seinem Zimmer getan hatte, totenstill, magerer von Tag zu Tag. Sie begriff es, als sie auf dem Kaminsims im Salon den Aufsatz des Jungen fand, darunter der rötliche Vermerk *Schrift!*, darunter eine gute Note. Sie setzte sich in einen Sessel und las, las mit heißem Gesicht, weil im Kamin Feuer brannte, spätes Septemberfeuer, sie las, erkannte eine wilde, unleserliche Schrift, wie es sie zuvor schon einmal gegeben hatte, und erfuhr, was der Junge über Zwangsarbeiter der Unteren Rheinniederung zu sagen hatte.

Immer wieder starrte sie weg vom Papier, nach oben. Und dachte, während sie starrte, zum ersten Mal richtig über die *Schliche* nach und darüber, welchen Sinn es wohl hatte, wenn man sich wehrte und der andere es gar nicht merkte. Der Junge hatte detailliert beschrieben, was seine Aufsatzfrage mit Willem angestellt hatte, hatte seine sechs Gefängniswochen geschildert und keine Schlüsse gezogen, und es sprach ja auch für sich, wie der Junge die eingesperrte Zeit schilderte, den Blick seines Vaters, die Geduld des Wachpersonals und nie, an keiner einzigen Stelle, die Anwesenheit seiner Mutter, was beruhigend war, was entsetzlich war. Und wie gut der Junge beobachten konnte, wie schön er formulierte, wie wütend und kraftvoll und altmodisch.

Gwendolin musste einzelne Sätze streicheln, so wie der Vater das oft in seinen Büchern getan hatte, sie streichelte sogar die gute Note des Lehrers, der Tekath hieß und noch nicht lange in der Stadt sein konnte. Doch als draußen eine Autotür knallte und Willems Stimme zu hören war, stellte sie das Streicheln schlagartig ein und zerknüllte den Aufsatz des Jungen, seine Worte gruben sich in die Innenflächen ihrer Hände, taten ihr weh. Dann stand sie auf, wischte sich den Kaminschweiß von der Stirn und warf den weißen, kantigen Klumpen ins Feuer.

Willem hätte den Jungen umgebracht.

31

Nimm es, Gwendolin, nimm es an, es ist ein Geschenk, sagt Hanne und reicht ihr den Bogen Papier.

Hanne, das ist zu viel, das ist viel zu viel.

Aber dann nimmt Gwendolin das Schreiben doch in die Hand und liest, sieht Worte, die sie so nicht hätte schreiben können, liest *Kündigung der Nutzungsvereinbarung*, liest *kein Wohnrecht, kein Untermietverhältnis*, erkennt eine Sprache, die ihr nicht geheuer ist, aber die ihr hilft, *eine Frist von sechs Wochen* steht da und, weiter unten, *Räumungsklage.*

Du weißt, wie meine Tochter ist, hört Gwendolin Hanne sagen. Ich habe ihr von deinem Brief erzählt, sie hat gemeint: *Das reicht nicht. Gwendolin braucht noch etwas anderes.* Sie hat es dann abends in der Kanzlei aufgesetzt.

Ich, sagt Gwendolin und sieht zu Boden, ihr wird warm.

Das hättest du längst haben können. Aber du hast ja gesagt, du kannst nicht.

Hanne lächelt und legt ihre Hand auf Gwendolins knotige Finger, sie ahnt nicht, dass Gwendolin in der Tat nicht konnte, die ganze Zeit nicht, und auch jetzt, nach so vielen Thea-Jahren, kann sie nicht, darf sie es nicht. Und tut es trotzdem.

Danke, flüstert Gwendolin und sagt dann laut:

Hanne. Liebe Hanne. Also wirklich.

Dann geht die Ladentür auf mit ihrem kichernden Klingeln und Hanne steht auf:

Nimm dir Tee, Gwendolin, und schau dir die Bücher auf dem Stapel an. Da ist bestimmt was für dich dabei. Ich bediene rasch die Kundin.

Die Dame, die den Laden betreten hat, trägt schwarze Schuhe mit hohen Absätzen, die sie zielstrebig und anwesend klingen lassen und die die Stille der Bücher in Portionen teilen.

Wenn Gwendolin geht, dann in leisen Schuhen, sie lebt mit gedämpftem Ton und bewegt sich genauso fort, und ist es das, was sie an der Alarmanlage so beunruhigt? Es gibt keine Leitung zur Polizei, wenn die Anlage anschlüge, würde sich nichts als ein gewaltiger Lärm in der Nachbarschaft ausbreiten, mitten in der Nacht. Zumindest hat Thea das angekündigt.

Auch die *Bücherstube* ist leise. Und immer noch

kommt Gwendolin gern hierher, nach all den Jahren und Jahrzehnten, sie benötigt diesen Ort wie etwas sehr Dringendes, diesen einzigen kleinen Buchladen, der im Städtchen überlebt hat, sehr zum Missfallen von Thea, die sich denken kann, *warum* es ihn noch gibt. Gwendolin braucht den Geruch der Buchseiten, den sie so gierig aufnimmt wie auf dem Wochenmarkt den Duft der Äpfel, und wie einen Apfel führt sie auch jedes Buch zur Nase, blättert darin, riecht daran, schwelgt. Es gefällt ihr, den anderen Kunden beim Blättern und Lesen zuzusehen: wie sie behutsam die Seiten wenden oder hastig durch das Buch jagen von hinten nach vorn, und wie sie den Zeigefinger verstohlen zur Zunge führen, bevor sie eine Seite umschlagen, und wie sie das Buch mit einer Hand halten, als wäre es ein kleines, stolzes Serviertablett, oder mit beiden Händen wie etwas, das womöglich zerbrechen könnte, und wie sie sich das Buch so nah ans Gesicht halten, dass kaum noch was dazwischenpasst, und wie sie immer wieder aufschauen, als würden sie sich vergewissern wollen, dass es Hannes Buchladen auch nach einer Minute noch gibt.

Gwendolin sitzt Woche für Woche da und blättert in den Menschen vor den Regalen, blättert in den Büchern hier auf dem winzigen, runden Tisch, drei Korbstühle drum herum, ganz hinten im Laden, gleich neben dem Regal mit den Gedichten.

Selten und höchstens in Krischans Nähe fühlt sie

sich so wenig verloren wie hier bei Hanne und den Töchtern: bei der Anwältin und bei der, die viermal die Woche hier arbeitet, bei den Enkeln, die manchmal vorbeikommen. Sie liebt den Stapel, den Hanne ihr jede Woche zusammenstellt und den Gwendolin immer kauft, sie mag die Fragen, die Hanne ihr eingangs stellt, zum Beispiel:

Gwendolin, was hast du gefrühstückt?

Welches Buch hast du zuletzt gelesen?

Vierundsechzig mal fünf?

Gwendolin hat Hanne vor Jahren um solche Fragen gebeten, sicherheitshalber, damit sie gewarnt ist, falls sie sich verändert, falls ihr Gehirn sich zurückzieht, falls –

Aber heute hat Hanne auf die Fragen verzichtet, zum Glück, weil sich Gwendolin nur noch dunkel an ihr Frühstück erinnern kann: ein dunkles Brötchen, etwas Butter, Honig nur einen Löffel, aber Tee mit viel Zucker und ohne ihre Mitbewohnerin. Aber Hanne wollte es ja gar nicht wissen, sie hat auf die Fragen verzichtet und vergnügt gesagt:

Nein, nicht doch, lass. Wir brauchen keine Fragen. Heute brauchen wir keine. So klar wie jetzt warst du noch nie.

Gwendolin nimmt einen Schluck Schwarztee und dann das oberste Buch vom Stapel, blättert, riecht den aufgewirbelten Duft, schlägt das Buch wieder zu und erkennt jemanden. Vom Umschlag schaut ihr schwarzweiß und skeptisch schmunzelnd eine Frau ins Gesicht: die dunkle melancholische Dichterin aus dem Romanischen Café in Charlottenburg, von der der Vater früher so oft erzählt und von der er ihr einmal in der Zeitung ein Foto gezeigt hatte.

Das Café war da schon eine Weile her gewesen, es stand zwar noch einige Zeit, aber nicht mehr für dunkle, melancholische Dichterinnen oder ausgediente Theaterkritiker. Gwendolin erinnert sich an das Gesicht und an die Gedichte, die der Vater traurig gefunden hatte, *tief unten sind sie trüb!*, und die für Gwendolin amüsant gewesen waren, federleicht.

Sie streichelt das Gesicht der Dichterin und schlägt eine Seite auf, irgendeine, da fällt es sie an, *Ich werde fortgehn im Herbst.* Das Gedicht war noch nicht da gewesen, als es den Vater gegeben hatte, es war aus einer anderen, späteren Zeit, und es war wirklich traurig, nicht das Gedicht einer jungen Frau, weiß Gott nicht,

Krähen werden aus dem Nebel schrein
Schweigen, Schweigen, Schweigen
Hüllt mich ein.
Ich werde gehen wie ich kam
Allein.
Nein!, ruft Gwendolin. Nein!

Hanne dreht sich zu ihr um, die Kundin mit den gesprächigen Schuhen dreht sich zu ihr um, aber Gwendolin winkt ab, sie ist ja selbst erschrocken.

Verzeihung, sagt sie.

Und als die Kundin den Laden verlassen hat und Hanne wieder am Tisch ist, sitzen sie einfach nur da und schweigen, wortlos sein, geheim sein, gar nichts sagen, das kann sie mit Hanne und mit Krischan, das konnte sie lange mit dem Jungen.

Hanne glaubt nicht daran, dass er zurück ist. Sie hat es nicht zugegeben, aber Gwendolin weiß, dass es so ist, sie kennt Hanne. Sie scheint über ihn nachzudenken, das schon, und vielleicht fängt sie langsam wieder an zu hoffen, denn einige Schweigen später räuspert sie sich und sagt:

Sie hatte auch einen Sohn.

Wer?

Hanne deutet auf das Bild der dunklen, melancholischen Dichterin und sagt:

Mascha. Sie hatte auch einen Sohn.

Und warum, fragt Gwendolin, warum war sie dann so allein?

Er ist gestorben, noch vor der Zeit. Und vorher ist er gegangen, mehr oder weniger. Auch schon vor der Zeit. Traurige Geschichte. So, Gwendolin, und jetzt trink, wenn du magst. Jedenfalls wird der Tee kalt.

Sie trinken beide, schweigen beide, zwischendurch bedient Hanne einen Kunden und noch einen, dann trinken, dann schweigen sie wieder.

Hanne?

Ja?

Aber Gwendolin weiß nicht, wie sie es ihr sagen soll, das, was sie seit heute Morgen weiß, seit der Radiosendung zwischen zehn und elf, im Mai erinnert man sich gerne an den Krieg. Sie weiß nicht, wie sie Hanne erzählen soll vom Vater, von der Mutter, vom schwarzen Klavier und der schwarzen Zwergin, keinem hat sie je etwas davon gesagt, höchstens Jacken-Karl, aber ohne Worte und nur mit ihrem fragenden Gesicht.

Eine Radiosendung über die Feuerstürme.

Obwohl Gwendolin flüchten wollte, ist sie sitzengeblieben, hat sich angehört, was die Radiostimme über Dresden und Hamburg und Mainz zu sagen hatte, hat auf Berlin gewartet, aber Berlin kam nicht, es kam und kam nicht, und am Ende kam es dann doch, am Ende hieß es, es habe nie einen Feuersturm gegeben nach den Bomben auf Berlin, keine schwarzgebrannten Leichen, keine auf den Straßen verkohlten Mütter, und alles nur wegen der breiten Straßen, wegen der Bebauung der Stadt, und so bleibt es jetzt, so wird es bleiben, im Jahr zweitausendvierzehn, und die Mutter ist endlich keine Zwergin mehr, nur noch gestorben ist sie, als richtiger Mensch.

Gwendolin?

Hanne, ja?

Du wolltest etwas sagen.

Gwendolin überlegt kurz, dann fällt ihr etwas ein:

Was ich dich fragen wollte. Kannst du eine CD für mich bestellen? Schumann, die *Kinderszenen*.

Kein Problem, morgen ist sie da, spätestens übermorgen. Warum hast du das damals nicht gesagt? Als ich die *Waldszenen* bestellt habe?

Es war nicht die richtige Zeit, antwortet Gwendolin. Aber jetzt würde ich gern die *Kinderszenen* hören. Ich muss dir bald davon erzählen. Ich muss dir vieles erzählen.

Später, als sich Gwendolin mühsam vom Stuhl erhoben hat und den Bücherstapel in den Einkaufstrolley packen lässt, ist ihr leicht zumute, trotz der schmerzenden Knie. Sie verabschiedet sich von Hanne, öffnet die Tür und hört wieder das Klingeln, das sich seit über sechzig Jahren nicht verändert hat, hell ist es, klar wie früher das Flusswasser, so jung.

Gwendolin fühlt ihr Herz schlagen, sie merkt, wie es sich aufbäumt, auf und ab und auf. Vielleicht, denkt sie. Vielleicht fängt es an.

32

Willem begann, als Gwendolin schon ein halbes Dutzend Jahre bei Jacken-Karl gewohnt hatte, er begann mit einer sauber ausgeführten Verbeugung, die aber zunächst nur einem Fetzen Schokoladenpapier auf dem Boden des Festplatzes zugedacht war und die erst später, als Willem sich mühsam aufgerichtet hatte, rückwirkend auch Gwendolin galt, die zufällig in der Nähe stand. Als er wieder oben war, hatte er eine feuchte, dünne Frisur und ein strahlend rotes Gesicht, er atmete schwer und schämte sich leicht wie ein Kind, was insgesamt nicht besonders viel war. Eine Winzigkeit, wie Frau Liddy gesagt hätte. Fast nichts.

Aber Gwendolin hatte genug gesehen, hatte genug gespürt, nämlich eine merkwürdige Art von Hunger, einen heißen, mittigen Druck etwas unterhalb vom

Brustbein, und sie hatte auch Verwunderung gefühlt, Erleichterung. Darüber, dass es das also gab. Das.

Gwendolin war mit ein paar Lehrerinnen der Berufsschule gekommen, obwohl sie die Kirmes eigentlich nicht mochte, die seichten Orgeln, die Blaskapelle, das ununterbrochene Läuten der Karussellglocken, alles durcheinander. Es war viel zu viel: der *Glückskönig, ein Los zehn Pfennig*, Menschen, Menschen, süße Vanille und der Geruch kandierter Äpfel, irgendwo das kleine Pferdekarussell, eine Achterbahn sogar, weiter hinten der Kram- und der Schweinemarkt, stinkend, quiekend, brüllend, es war einfach von allem zu viel. Aber ausgerechnet hier, in diesem jämmerlichen Zuviel, verbeugte sich Willem elegant ächzend vor einem Fetzen Schokoladenpapier und – begann.

Er war wie Gwendolin nicht allein auf der Kirmes, sondern wurde von einigen gutgekleideten Herren mit erkennbar schlechten Manieren begleitet, die Gwendolin erst zu ihrer eigenen Hochzeit wiedertreffen sollte, die Herren und die Manieren. Die Männer, deren Lebensjahre ungefähr vom jungen bis zum alten Apotheker Böhlich reichten, rochen nach Cognac und Zigarre und Tarr-Rasierwasser, Gwendolin kannte diese Mischung schon von Jacken-Karl. Höchstwahrscheinlich waren die Männer gerade erst aus einer nahen Wirtschaft gekommen, denn kaum einer von ihnen konnte sich noch anständig auf den Beinen halten, höchstens Willem, einigermaßen.

Aber er war ja noch gar nicht Willem, er war *der neue Direktor von »Johann Suhr und Söhne«, eine gute Partie, ich sag es dir, schnapp ihn dir!* Genauso flüsterte eine der jungen Lehrerinnen auf Gwendolin ein, und Gwendolin wusste, was *Johann Suhr und Söhne* bedeuten konnte, Margarine oder Zellstoff oder Papier, mehr Fabriken gab es hier nicht.

Doch es zählte nicht, ebenso wenig wie der Umstand, dass der Mann sichtlich älter war als Gwendolin, nein, es waren die Augen des Direktors, die zählten, spitzbübisch warm, es zählten seine Hände, die auf feine Weise untersetzt waren und erstaunlich gut erhalten, es zählte, dass er mit drei gewellten Stirnfalten sagte:

Meine Damen, einer muss ja hier für Ordnung sorgen.

Er schien dabei nur Gwendolin anzusehen, obwohl das gar nicht sein konnte. Sie drehte sich glühend um, falls noch jemand hinter ihr stünde, eine andere, die in Wirklichkeit gemeint war. Aber hinter ihr stand nur die ewige Boxbude, Holz und Rot, *Preisgeld: zweihundert Mark*, hinter ihr stand nur, dass allein sie gemeint war von diesen Augen aus Grau.

Die beiden Gruppen, die weibliche und die männliche, blieben, nachdem Willem den Festplatzboden in Ordnung gebracht hatte, wie selbstverständlich stehen, einer von Willems Begleitern begann ein Gespräch mit einer Lehrerin, und als Willem Gwendolin schon beinah angesprochen hatte und nur noch auf irgendetwas zu warten schien, fühlte Gwendolin seit Ewigkeiten wieder den Wunsch, aufgehoben zu sein.

Kommt einer vorbei und hebt sie auf.

Kommt einer vorbei und –

verbeugt sich.

Sie wusste da noch nicht, dass Willem sie tatsächlich aufheben würde, aber nicht wie etwas Kostbares, sondern nur wie ein Stück Schokoladenpapier, das es so schnell wie möglich wegzuwerfen galt, aber nein, sie konnte das wirklich noch nicht wissen, da war ja nur dieser beißende Hunger südlich der Brust, da war nur die Hoffnung, dass das Leben jetzt endlich weitergehen würde, nachdem es ausgesetzt hatte seit den Märzbomben dreiundvierzig, es war höchste Zeit.

Bei Jacken-Karl war ihr Leben keinesfalls weitergegangen, und Gwendolin fühlte sich auch nicht aufgehoben, höchstens verwahrt und von Frau Direktor Häussermann giftsprühend geduldet. Damals, als sie von den beiden widerwillig ins Haus gebeten worden war, hatte es ernstzunehmende Streitigkeiten zwischen den Eheleuten gegeben. Jacken-Karl flüsterte seiner Frau etwas zu, woraufhin diese laut rief:

Wir haben doch damit abgeschlossen. Wir haben doch gesagt, das ist vorbei.

Ich kann auch wieder gehen, versuchte Gwendolin die Aufgebrachte zu beruhigen, aber die Frau Direktor sah sie von unten bis oben an, fast angewidert, fast gelangweilt, und sagte:

Bild dir bloß nicht ein, dass du ein Lehrling sein kannst. Du wohnst hier ein bisschen, du hilfst hier ein bisschen, Schluss. Bild dir bloß nichts ein, Mädchen. Karl hat uns das eingebrockt, und es ist schon längst wieder vorbei.

Gwendolin hätte antworten können, dass sie sich seit Jahren nichts mehr eingebildet hatte und dass sie seit Jahren nichts mehr war, aber sie sagte nichts, sondern konnte nur staunen, vor allem über Jacken-Karl, der so anders als der Vater war, kräftiger, heller, laut. Gwendolin hatte nicht damit gerechnet, dass jemand, dem Oranienburg-bei-Berlin persönlich bekannt war, nach Strich und Faden lachen konnte, so gründlich wie früher der Vater und am liebsten über das eigenmündig Gesagte. Sie hatte nicht damit gerechnet, dass einer, der zurückgekehrt war, ihre obere Vorderansicht so ernst nehmen würde, obwohl sich bei ihr da oben fast nichts wölbte.

Vier Tage hatte sie geschlafen, nahezu ohne Pause, in einer kleinen Kammer unterm Dach. Und als sie den langen Schlaf und das Aufwachen hinter sich gebracht und das erste Bad seit einer Ewigkeit genommen hatte, weich und warm und fremd, da wusste sie noch nicht, warum Jacken-Karl war, wie er war. Warum er nicht wie der Vater war.

Kein einziges Mal wurde im Haus über das gesprochen, was gewesen sein musste, und Gwendolin hatte lange keine Ahnung, aus welchem Grund Jacken-Karl in Oranienburg-bei-Berlin gewesen war. Nur ein einziges Mal, nach etlichen Schnäpsen und Lachanfällen, hatte er in Gwendolins Richtung gelallt:

Du hättest sie sehen sollen, Mädchen. In deinem Berlin, einundvierzig, zum Teufel, ich hätte nicht alleine reisen sollen, Servierfrau vom Feinsten, und alle wussten, dass sie, also, dass sie eine von denen war, ein Prachtstück aus Schöneberg, und wenn du ihre Umrisse gesehen hättest, die waren fast wie deine, da hätte keiner nein gesagt. Hörst du? Da hätten sie gleich jeden verhaften können.

Und immer lachte er, machte Herrenwitze und war meistens zu laut in allem, was er tat, aber auf eine vergnügte Weise. Nur nachts konnte Gwendolin ihn schreien hören, auf Jacken-Karls Albträume war Verlass, alle im Haus konnten seine Träume hören, die es am nächsten Morgen aber jedes Mal aufs Neue nicht gegeben hatte, ebenso wenig wie seine Freundschaft zu ihrem Vater. Es hatte keinen Sinn, ihn nach dieser Verbindung zu fragen, also musste sich Gwendolin selbst um diese Geschichte kümmern, sie musste sich vorstellen, wie Karl Häussermann, Vielleicht-noch-nicht-Direktor, dem Vater seine Jacke geliehen hatte, Winter, Februar, minus zehn Grad, und danach waren sie Freunde geworden. Es war keine sehr lange Geschichte, die sich Gwendolin vorstellen musste, aber sie war lang genug, um ihr eine kärgliche Dachkammer in einem wildfremden Städtchen zu besorgen, ein wenig Essen, alte Kleider, nur kein Aufgehobensein, nein. Das gerade nicht.

Manchmal verachtete Gwendolin Jacken-Karl sogar, vor allem in den ungebührlichen Momenten, in denen nicht nur sein Blick, sondern auch seine massige Hand auf ihrem Körper zum Halten kam. Oft schaffte sie es, den aufgedunsenen Fingern wie nebenbei zu entkommen, durch einen kleinen Schritt nach hinten oder eine halbe Drehung und immer ohne Worte, ganz anders als die jungen Lehrerinnen, die jedes Mal ein empört schluchzendes Aufhebens um seine Annäherungsversuche machten, die Berufsschule dann aber doch nicht verließen. Und auch Gwendolin blieb dort und hielt sich in Grenzen, wenn ihr der schweißige Rasierwassergeruch zu nahe kam, nur manchmal eben, manchmal verabscheute sie Jacken-Karl, und sie tat es auch an jenem einen Vormittag, an dem sie in der Lehrküche dabei behilflich gewesen war, die Spuren einer überbordenden Mandelspeise zu beseitigen.

Es hatte in dieser Zeit besonders viele Beschwerden von Lehrerinnen gegeben, einige aus den Abteilungen der Putzmacherinnen und Wäscheschneiderinnen und Weißnäherinnen, die meisten aber aus den hauswirtschaftlichen Bereichen. Jacken-Karl hatte wahrscheinlich nur wenig zu befürchten, er musste sich aber, wie den lautstarken Wutausbrüchen der Frau Direktor Häussermann zu entnehmen war, trotz allem vorsehen.

Doch er sah sich nicht vor, ganz besonders nicht an jenem Vormittag in der Lehrküche, als Gwendolin gerade dabei war, einen Klassensatz zu kindlich benutzter Rührgeräte zu spülen. Draußen im Hof machten Schülerinnen Leibesübungen, die in der Berufsschule von enormer Wichtigkeit waren, und auch Jacken-Karl hielt sich daran, nur eben auf seine Weise. Damals in der Lehrküche hatte diese Weise darin bestanden, mit seiner großen, hechelnden Hand Gwendolins Gesäß zu bedecken, praktischerweise gleich zwei Hälften auf einmal. Gwendolin war übel geworden und sie hatte ihre Hände im milchigen Spülwasser angestarrt, ekelerregende Mandelspeisenhände, die nicht taugten, um Jacken-Karl wegzuschieben. Sie hätte ihn ermahnen und laut aus der Küche schicken können, sie hätte ihn dabei nicht einmal ansehen müssen, und sie versuchte es auch: nichts, sie versuchte es wieder: nichts. Sie schämte sich, obwohl sie die genau Falsche dafür war, und sie fühlte sich ausgeliefert, aber das Schlimmste war, dass sie Jacken-Karl nicht bloßstellen wollte, ausgerechnet das. Zwei Lehrerinnen waren noch in der Küche, allerdings weit von Gwendolin entfernt, außerdem drehten sie ihr den Rücken zu. Aber sie hätten es gehört, wenn sie Jacken-Karl ermahnt hätte, und es war und war nicht zu verstehen, nein. Denn er hätte ihr leidgetan, sie hätte sich schuldig gefühlt.

Und so blieb sie leicht gekrümmt am Spülbecken stehen, spürte Jacken-Karls erstaunlich ungeschickte Handbewegungen auf ihrem Gesäß, so als ginge es hier um eine banale hauswirtschaftliche Tätigkeit, und konzentrierte sich in diesen einsamsten Minuten auf das trübe Wasser, damals, als die Jahrmarkt-Verbeugung eines schönen Papierfabrikanten noch nicht einmal annähernd vorherzusehen war.

Als Willems Nelkenstrauß mit dem Kärtchen geliefert wurde, veränderte sich Frau Direktor Häussermann schlagartig ins Hellere, Freundlichere, so als hätte Willem nicht Gwendolin, sondern die Frau Direktor höchstselbst zum Spaziergang in der Oberstadt eingeladen. Grau war Gwendolin, als Willem sie im nachtblauen Anzug und zusammen mit seinem Fahrer von der Berufsschule abholte, und sie passte damit hervorragend zu seinen Augen, fühlte sich aber nur wenig ansehnlich, so wie sonst auch, wenn sie die abgelegte Kleidung der fleischigen Frau Direktor trug.

Aber Willem schien sich, als sie in der Oberstadt ausstiegen und zum Stadtpark vorgingen, kein Stück für das zwar leichte, aber schwarzgraue und viel zu weite Kleid aus Futterseide zu interessieren, weder für die Farbe noch für den Geruch, der, je mehr Gwendolin unter dem kurzen schweren Mantel schwitzte, immer fischiger wurde. Und es schien Willem noch nicht einmal zu stören, dass auch ihre Gesprächsbeiträge grau waren, zumindest dann, wenn Gwendolin von sich erzählen sollte, von allem, was vorher gewesen war. In der Zeit bei Jacken-Karl hatte sie es sich abgewöhnt, über Wilmersdorf zu reden, vielleicht war Schweigen ansteckend, und über die sechs Jahre im Städtchen gab es nicht besonders viel zu sagen, höchstens dieses, jenes, nichts.

Willem redete umso mehr, erzählte von der Papierfabrik und den Umbaumaßnahmen, die für das nächste Jahr geplant waren, er erzählte vom Musikzimmer, bei dem Gwendolin aufmerkte, er erzählte von der Bibliothek, bei der Gwendolin aufmerkte, und als er ein Schild studierte, das an einer uralten Buche hing, konnte Gwendolin ihn in aller Ruhe ansehen.

Er war stattlich und in der Bauchgegend zu großzügig gebaut für seinen Anzug, die Jacke spannte, wo sie nur konnte, und die Hose, die einen Zentimeter zu kurz war, brachte das Rautenmuster seiner Socken zum Vorschein. Er trug keinen Mantel über dem Anzug, was für die Jahreszeit zu dünn war, aber sein Haar glänzte vor Brillantine und wirkte dadurch viel dunkler. Er war ältlich, trug aber das Gesicht eines Jungen, trug es nach der Besichtigung des Buchenschildes stolz und ein wenig spöttisch durch den Park und nahm irgendwann Gwendolins Arm, der tief unter dem Mantelärmel von Frau Direktor Häussermann verborgen war.

Er sprach und sprach, erzählte aber nie von seinen

Eltern und dem, was vorher war, davon schwiegen sie beide, einer vor dem anderen, und als Willem von Gwendolin erfuhr, dass sie die Kirmes eigentlich nicht mochte, lobte er überschwänglich den großen Zufall, der sie vor kurzem zueinandergeführt hatte, denn er mochte die Kirmes ebenso wenig und sei vor ihrer Begegnung auf einer wichtigen Unterredung im *Goldenen Kleiber* gewesen und danach nur widerwillig mit auf den Festplatz gegangen.

Und als er eine Woche später im Wohnzimmer der Eheleute Häussermann auf Gwendolin wartete, wusste sie, dass sich etwas Großes entscheiden würde und dass sie das richtige Kleid dafür trug, kein graues, sondern ein schön tailliertes in Ocker und in Mint, das ihr eine der jungen Lehrerinnen geliehen hatte. Willem war eine halbe Stunde vor der vereinbarten Zeit gekommen, und Gwendolin hatte auf manches verzichten müssen: auf einen letzten Gang zum Klosett, auf ihr Spiegelbild, auf ein erstes Abschiednehmen von der Zeit in der Berufsschule. Aber als sie ihn im Wohnzimmer sah, gestützt von Jacken-Karls gewaltigem Gelächter und den wohlwollenden Blicken der Frau Direktor, da störte sie das alles nicht mehr.

Willem war ein schöner Mann, ein schmunzelnder Mann, der zu enge Anzüge trug, er war viel älter als sie, und er war da. Gwendolin schloss die Augen. Sie war bereit.

33

Gwendolin steht vor Willems Grab und sieht den festgeklopften Schuhabdruck, körnige Erde drum herum, sie steht da und wundert sich. Es ist eine größere, allgemeinere Verwunderung, die sie in jedem Frühling auf dem Friedhof erfasst: Die Welt ruft zum Aufbruch, und alle bleiben liegen. Die Toten kümmern sich nicht um das Blühen und den Wind und auch nicht um die spärlichen Friedhofsbesucher, die jetzt dünne Jacken tragen und alle etwas Einzelnes an sich haben, so wie zum Schluss die unglücklichen Schwestern Piwak.

Willem hatte die Stelle selbst ausgesucht und sich nur wenige Wochen vor seinem Tod für ein gewöhnliches Reihengrab entschieden, weit weg von der Suhr-Familiengruft. Das unscheinbare Grab entlockte den Gästen von Willems Beerdigung ein anhaltendes Raunen. *Bei allem Respekt, verehrte Frau Suhr!,* raunten sie, und überall wurden die trauernden Köpfe geschüttelt, wie Baumwipfel gingen sie hin und her, nur Jacken-Karl war mit ganz anderem befasst, den Beinen von Willems vorletzter Sekretärin, und warm war dieser Sommertag neunzehnhundertachtzig, wie lange ist das her?

Gwendolin sieht den Grabstein und fühlt etwas Bitteres, so wie jedes Mal, wenn sie *Unvergessen* liest. Willem hatte das silberne Wort selbst in Auftrag gegeben, darunter ein Relief, die betenden Hände von Dürer, wahrscheinlich eine eigenmächtige Idee vom Steinmetz, denn für betende Hände hatte Willem sich noch nie interessiert, im Gegenteil. Aber Gwendolin hat in dem Relief sowieso nur seine Hände erkannt. Wie könnte sie diese Hände vergessen, wie könnte der Junge sie jemals vergessen.

Jemand geht vorbei und grüßt, Gwendolin dreht sich um und sieht eine vertraute Friedhofsfrau mit grüner Gießkanne und grüßt zurück, *aber ja, auch Ihnen einen guten Tag.*

Gwendolin ist die Einzige ohne Gießkanne, denn Willems Grab braucht kein Wasser und Blumen nur für kurze Zeit. In der Erde steckt ein Schild: *Bitte in der Friedhofsverwaltung vorsprechen.* In der Tat, es ist Mai, Zeit für das jährliche Schild. Aber sie würde die Verantwortlichen auch diesmal besänftigen können mit zwei, drei Friedhofsvasen, fest in die Erde gesteckt und mit Nelken und Margeriten gefüllt, nie länger als eine Woche.

Zwischen Gwendolin und den mürrischen Verwaltern herrscht eine stille Übereinkunft, die ungefähr ein halbes Jahr nach Willems Tod eingesetzt hat, vermutlich ahnen sie, dass es Gründe gibt für blumenlose Gräber. Außerdem können sie sich keinesfalls beklagen. Das Grab ist gut gepflegt, jedenfalls dort, wo es sichtbar ist: die Erde locker, das Unkraut gezupft, eine Ordnung exakt nach dem Geschmack des Toten, allein über den Schuhabdruck ließe sich streiten.

Gwendolin schaut auf die Spur und fragt sich, ob vielleicht ein betrunkener Friedhofsgärtner dahintersteckt, der vom Weg abgekommen ist. Sie erinnert sich an die großen Füße des Jungen, die ihn am Ende doch nicht gehalten hatten. Der Abdruck steht dir gut, denkt sie in Willems Richtung, doch der Angedachte schweigt, hat dazu nichts zu sagen und bleibt liegen unter der schönen, lockeren Totenerde.

34

Geh mir aus dem Weg!, schreit Thea und geht ihr in den Weg. Wenn du es wagst, mir auf den Fuß zu treten!, schreit Thea, und das Erste, was Gwendolin hier unten im Waschkeller einfällt, ist: Hoffentlich war sie nicht im Kämmerchen, hoffentlich hat sie nichts entdeckt. Doch dann sieht sie die verschlossene Tür und dass dort kein Schlüssel steckt. Himmel!, denkt Gwendolin und: zum Glück.

Ansonsten hat diese Begegnung mit Glück nicht viel zu tun, und was gibt es für Thea hier unten zu suchen? Kleidung vielleicht, im Korb mit der zusammengelegten Wäsche, den Gwendolin für die Zugehfrau stehenlässt, weil sie ihn allein nicht mehr tragen kann, nur sich selbst kann sie noch tragen, und jetzt trägt sie sich an Thea vorbei, zumindest versucht sie es. Aber Thea packt sie, hält sie so fest am Arm, dass es schmerzt, sie war ihr selten so nah wie jetzt.

Du tust mir –

Aber Gwendolin bleiben die Worte in der Kehle stecken, sie versteht nicht, welchen Sinn dieser Schmerz knapp unterhalb des Ellenbogens haben soll, es reicht doch, dass Pirasol jetzt eine Festung ist bis in den späten Vormittag hinein, manchmal so lange, bis die Begleiterinnen kommen, von denen nur ein paar übrig sind. Gwendolin kann nichts tun gegen dieses Eingeschlossensein, selbst dann nicht, wenn sie die Alarmanlage einigermaßen verstünde. Jeden zweiten Abend, bevor Thea ins Bett geht, verkündet diese, dass sie den Zahlencode verändert habe, sicher ist sicher, dann verschwindet sie in ihrem Zimmer.

Man müsste sagen: nein. Zum Zahlencode, zum Schmerz, zu Thea. Man müsste vieles sagen. Aber Thea hält sie einfach weiter fest, Sekunden, viele Sekunden, und der Druck wird irgendwann schwächer, doch dann hat Thea wieder Kraft und drückt noch fester. Gwendolin hat gleich gemerkt, dass sich diese Hand nicht abschütteln lässt, sie hat es versucht und gleich wieder gelassen, weil Thea ihren Arm nur noch mehr gequetscht hat. Und als Gwendolin schwindlig wird, hält sie sich mit der rechten Hand an der kühlen Kellerwand fest, die nicht mehr so weiß ist wie früher, sondern einen rissigen grauen Schleier hat, und Pirasol zögert, wie es immer gezögert hat, dann fängt es endlich an,

Gwendolin zu stützen, gibt ihr etwas zurück, und es – geschieht etwas.

Gwendolin macht sich gerade. Sie sieht Thea ruhig ins Gesicht, hält dem angestrengten Hohn in deren Augen stand, erträgt das verzerrte, aber frisch eingecremte Gesicht, fährt die Falten mit dem Blick nach. Und auch Thea merkt jetzt, dass etwas passiert. Dass sie gehen muss.

Sie kneift die Augen zusammen, schnappt nach Luft und lässt Gwendolin unverzüglich los, atmet aus und stampft mit hängenden Schultern und dumpfem Lärm aus dem Raum und dann nach oben. Gwendolin bleibt stehen, die Hand an Pirasols Kellerwand, der Schmerz noch im anderen Arm. Der Druck wird erst später nachlassen und die neue Färbung lange danach, aber leicht ist Gwendolin zumute, es atmet sich gut hier. Ganz langsam nimmt sie die Hand von der Wand, ein paar Schritte, und sie fiele, aber dann geht sie los, rutscht mit den Füßen in Richtung Kellertreppe und kommt davon.

35

Der Junge ließ es geschehen. Er zeigte weder Aufruhr noch Trauer und ging, als er seinem Gefängnis entkommen war, wortlos zur Tagesordnung über. Er beklagte sich nicht, schleppte seine schmale Gestalt stillschweigend das Treppenhaus hoch und runter und vermied es für lange Zeit, seinen Eltern ins Gesicht zu sehen.

Erst Wochen nachdem er seinen nahezu todbringenden Aufsatz auf dem Kaminsims hinterlegt hatte, merkte Gwendolin, dass dem Jungen keine gewöhnliche Stille anhing und auch nicht die Stille von jemandem, der gebrochen war, nicht das. Er war nicht gebrochen, nur aufgebrochen, damals schon, und unterhielt einen langwierigen Plan. Sie begriff es, als der Junge den Vater eines Abends um Erlaubnis bat, dreimal die

Woche nach der Schule in der Ziegelei an der alten Tongrube zu arbeiten, was nach der Zwangsarbeiterfrage und dem Aufsatz ein weiteres Wagnis war, lebensgefährlich und äußerst kühn.

Diesmal führte Willem seinen Schlag, der präzise auf die rechte Jungenwange gerichtet war, ohne Umschweife aus, aber anders als sonst rieb er seine Hände erst lange nach der Tat, und auch seine Augen ließen sich Zeit und froren erst viel später zu. Das war das Beunruhigende. Gwendolin hatte sich zuvor auf den Hausherrn verlassen können, auf seine Augen und Hände, auf seinen Zorn und darauf, dass er je nach Bedarf aus dem Boden wuchs. Aber dass er den Jungen gleich am nächsten Morgen gewähren ließ und ihm die gewünschte Unterschrift gab, das war einfach nicht zu verstehen. Später, als es dann doch zu verstehen war, hatte es schon fast keinen Sinn mehr, einzuschreiten und den Jungen zu schützen, in jener Zeit, als Gwendolin merkte, dass hier zwei langwierige Pläne gegeneinander arbeiteten, und als schon annähernd klar war, welcher der beiden Pläne am Ende aufgehen würde.

Für Willem war es die größtmögliche Demütigung, eine Schande sondergleichen, dass sein Sohn ausgerechnet in einer niederen Ziegelei schuften wollte, in einem ärmlichen *Panneschobbe* und nicht in der Papierfabrik, in der es Arbeit genug gegeben hätte, als Pressensteher zum Beispiel. Dabei ging es Willem längst nicht mehr um einen Nachfolger für die Fabrik, denn es musste ihm klar sein, dass er dem Jungen die Liebe zum Papier gehörig ausgetrieben hatte.

Johann Suhr und Söhne war zu dieser Zeit auf dem Höhepunkt angekommen, nicht zuletzt durch den Aufkauf einer Buntpapierfabrik und Willems Einsatz in Sachen Papierveredelung. Sogar der alte Suhr hätte, wenn er noch am Leben gewesen wäre, auf den beträchtlichen Erfolg der Firma und auf sein schwarzes Schaf persönlich mit Staunen reagiert.

Dreimal die Woche ging der Junge in die Ziegelei, nach der Schule und den Hausaufgaben, was Willems Bedingung gewesen war. Die restlichen Nachmittage und die Stunden vor der Arbeit verbrachte er in einem Jugendzentrum der Unterstadt unter Aufsicht nachlässig gepflegter Mittdreißiger. Das Zentrum war kurz nach dem Arrest des Jungen eröffnet worden, ein Zeichen von Gnade, gewiss, auch wenn die Einrichtung bei vielen Bewohnern des Städtchens rasend schnell in Ungnade fiel und von einigen sogar *Etablissement* genannt wurde. Diese abschätzige Bezeichnung war einigen Gerüchten geschuldet, in denen Matratzenlager vorkamen und Sodom und auch Gomorrha sowie lauter zwielichtige Langhaarige, die aber für den Jungen allesamt Lichtgestalten sein mussten, auch wenn er sich, wie Gwendolin erst Jahre später erfuhr, wenig davon anmerken ließ. Die meiste Zeit saß er still in der Ecke und beteiligte sich nicht an den Diskussionen über Friedensbewegung und

Nachrüstung und Pershing II. Er war auch nicht im Jugendrat. Er war einfach nur in Sicherheit.

Und er ging verloren, direkt vor Gwendolins Augen. Willem hielt sich in diesen Jahren weitgehend zurück, schlug nur noch selten zu und verhielt sich sogar still, als der Junge später, mit siebzehn, erzählte, worauf er sparte und wohin er in zwei Jahren nach der Schule reisen wollte: nach São Paulo.

Hermes Ernesto Pirasol.

Willems ungewöhnlich ruhige Reaktion auf diesen Plan machte Gwendolin argwöhnisch, und ihr kam kurz darauf die Notwendigkeit in den Sinn, einen Teil ihres Haushalts- und Taschengeldes zur Seite zu legen, sicherheitshalber, auch wenn es wahrscheinlich schon keine Bedeutung mehr hatte. Aber es war das Einzige, was sie für den Jungen tun konnte, und jeder gesparte Geldschein brachte ihr für kurz den Jungen zurück.

Aber das Geld half ihr auch noch auf andere Weise und trieb ihr gelegentlich ein Gefühl aus, das sich zu ihrer Traurigkeit, zu den hängenden Armen und dem stets gewichtigen Herzen gesellt hatte: Es machte ihre Eifersucht kleiner. Und Gwendolin *war* eifersüchtig. Nicht auf Willem und seine Damenbekanntschaften, sondern auf jeden, zu dem der Junge Vertrauen fasste: auf den Vorarbeiter der Ziegelei, auf die haarigen Mittdreißiger und, was am schlimmsten war, auf Hanne und ihre betagten Eltern sowie ausgerechnet auf Jacken-Karl und Frau Direktor Häussermann.

Die Eheleute, die zu der Zeit die sechzig bereits überschritten hatten und noch der Berufsschule vorstanden, hatten den Jungen gleich bei der ersten Besichtigung in je ein Herz geschlossen, am tiefsten die Frau Direktor, obwohl sie sonst bei jeder Schwangerschaft in der Umgebung eine Beteiligung ihres Gatten erwog. Sie selbst hatte nie Kinder bekommen, kein einziges, und ihre Kinderlosigkeit war eines der Themen, über die in den privaten Räumen der Berufsschule nicht gesprochen werden durfte.

Der Junge hatte den beiden die Feindseligkeit aus den Augen genommen, die sie füreinander bereithielten und aus der sie nie einen Hehl machten. Wenn er bei ihnen war, veränderte sich alles, dann gingen sie beinahe vorsichtig miteinander um. Die Frau Direktor verlor das Zänkische und putzte ihren Mann so gut wie nie herunter, und Jacken-Karl verzichtete auf seine Anzüglichkeiten, was ihn ein wenig fremd erscheinen ließ. Er lachte dann nur noch über Harmloses, aber so beharrlich und lauthals wie je.

Der Junge war gern in der Berufsschule, saß im Büro oder im rustikal gefüllten Wohnzimmer und wurde dort zuckerreich verpflegt. Er schien das lautstarke Gelächter von Jacken-Karl zu lieben, und Gwendolin war, als zöge ihn ausgerechnet das Gequälte dieses Lachens an. Gut möglich, dass er begriff, warum der Direktor lachte.

Er schien sich zu den beiden wirklich hingezogen zu

fühlen, ganz besonders seit jenem Donnerstagnachmittag, als der damals Achtjährige mit Gwendolin ein paar Meter vor der Tür der Häussermanns stand und sie sich beide noch einmal umdrehten. Eigentlich war alles wie immer gewesen: die hämmernden Geräusche im Rücken, die von der fortwährenden baulichen Erweiterung der Berufsschule herrührten, die Pflastersteine auf dem Großen Markt, voll von Taubendreck, der steinerne Reiter mit dem nicht mehr nagelneuen Oberleib, der kleine Kiosk, der unter einem großen *Praline*-Banner verschwand, *Tabakwaren, Süßwaren, Rheinische Post*. Und doch gab es etwas, das das bewährte Bild längs zerriss, eine schnaufende Gestalt mit einem Rosenstrauß und einer Flasche *Kosaken-Kaffee* mit roter Schleife. Willem.

Willem, der sich auf den Weg gemacht hatte zu einem mutmaßlich weiblichen Ziel, nichts Neues, nichts Verblüffendes. Aber zum ersten Mal in seiner Laufbahn war er dabei ertappt worden, und er zuckte zusammen, blieb kurz stehen und ging dann ernst und grußlos auf den Jungen zu, während er Gwendolin überhaupt nicht beachtete. Er griff ihn mit seinen kalten Augen an, seinen aufgeblasenen Nasenlöchern, seinem spöttischen Mund.

Du jämmerlicher Taugenichts, schau dich an, Bürschchen, aus dir wird nie etwas werden, kümmerliches Muttersöhnchen –

Schnell hatte sich Willem in Rage geredet und

kränkte den Jungen mit allem, was ihm gerade einfiel. Wie aus dem Nichts war er gekommen und wie aus dem Nichts hatten seine Tiraden begonnen, die doch nur Gwendolin galten, weil sie ihn ertappt hatte. Schweigend hielt sie die Hand des stummen, schaudernden Kindes, presste ihre Nägel verzweifelt in den kleinen Handrücken und konnte sonst nichts tun, bis mit einem Ruck die Direktorentür hinter ihnen aufgerissen wurde und das Ehepaar Häussermann zu dem Jungen hinstampfte, der sich sofort aus Gwendolins Griff befreite.

Jacken-Karl stellte sich zwischen Willem und das Kind, und obwohl es im Städtchen nicht ratsam war, den Papierfabrikanten zu brüskieren, drehte er eben diesem den Rücken zu und ignorierte ihn, während er den Jungen an den Schultern hielt, warm auf ihn einredete und ihm die eine Hälfte seiner mageren Würde zurückgab.

Um die andere kümmerte sich unterdessen seine Frau, die ihre graue Strickjacke auszog und sie um die schmale Hüfte des Jungen wickelte. Erst dann hielt auch sie ihn fest, er war jetzt von hinten bis vorne so sicher, dass Willem kurz darauf schimpfend abzog und Jacken-Karl noch mit dem Finger drohte, ohne dass dieser aber etwas davon mitbekam. Und Gwendolin stand da und ließ die Schultern hängen aus so vielen Gründen, sie hörte die Frau Direktor sagen: Mein Kind, wir suchen dir gleich eine trockene Hose, und Gwendolin spürte, wie sie sich in ihrem ganzen Körper ausbreitete: die Einsamkeit, wenn man andere Menschen zueinandergeführt hatte.

Bis zum Sommer zweiundsiebzig, als die blauen Tapetentiere dem Kaminfeuer zum Opfer gefallen waren, hatte der Junge Gwendolin bei ihren wöchentlichen Besuchen in den privaten Räumlichkeiten der Berufsschule begleitet. Er hatte sich seine Großeltern selbst ausgesucht, zwei Paar Großeltern, was für einen wie ihn eine außerordentliche Menge war.

Das andere Großelternpaar bestand aus Hannes Eltern, die wesentlich betagter und gebrechlicher waren als die Häussermanns, dafür jedoch einen Buchladen und eben Hanne hatten. Gwendolin hatte den Jungen schon früh mit in *Fallingers Bücherstube* genommen, wo er interessiert zwischen den Regalen herumgekrabbelt war und auf die Ladenklingel jedes Mal mit Jauchzen reagiert hatte.

Später, nach den brennenden Tapetentieren, hatte der Junge aufgehört, Gwendolin zu begleiten. Es war klar, dass es ihm nicht darum ging, auf den Buchladen und die Berufsschule zu verzichten, im Gegenteil, er war fortan noch viel häufiger dort, nur ohne seine Mutter. Wenn Gwendolin fragte, triumphierte die Frau Direktor. Wenn Gwendolin fragte, zuckten Hanne und ihre Eltern mit den Achseln. Was sollten sie auch tun. Sie alle mochten den Jungen.

In den Jahren, als der Junge sein Verschwinden einleitete, hatte Willem seinen Ordnungswahn bis zur Vollendung gebracht, und obwohl der Sohn penibel darauf achtete, in dieser Hinsicht nicht weiter aufzufallen, entging ihm doch der eine oder andere Papierschnipsel, das eine oder andere Stück Verpackung. Willem äußerte sich zwar nicht zur Ziegelei und zum Jugendzentrum und später auch nicht zu den Brasilien-Plänen, aber er brachte es fertig, den Jungen nachts aus dem Schlaf zu reißen und ihn nach unten zu schicken, wo er Papierschnipsel oder sonst etwas aufheben sollte. Willem schlief damals schon längst auf einer Liege im Arbeitszimmer und konnte nachts fast unbemerkt nach oben gehen. Gwendolin wachte meist erst dann auf, wenn Willem den Jungen unten anbrüllte, wenn er *Heb das auf!* schrie oder *Wie oft hab ich dir das schon gesagt!*, sie erwachte vom Schweigen des Jungen.

Der Junge gehorchte, aber mit den verbrannten Tapentieren und dem Beginn von Willems nächtlichen Überfällen hatte er begonnen, sein Lachen endgültig aus Pirasol herauszuhalten. Er war von Anfang an ein stilles Kind gewesen, ernst auf den ersten Blick, wahrscheinlich wie Gwendolin selbst. Aber zusammen konnten sie lachen, und die gesamte Kindheit des Jungen lang, die bis zum Sommer zweiundsiebzig währte, machten sie ihre Sache gut.

Am liebsten hatten sie über den Bärtigen am Kreuz gelacht. Jeden Kirchenbesuch, den sie wie Willem aus reinem Pflichtgefühl absolvierten, verbrachten sie damit, sich das gemeinsame Lachen über den Hölzernen zu verkneifen. Über den, der *das Kreuz nachmachte*. So hatte ihn der Junge einmal genannt.

Es war auch sein Wunsch gewesen, den Bärtigen einmal unter den Armen zu kitzeln, die Position, in der dieser am Kreuz hing, war geradezu perfekt dafür. Gwendolin und der Junge hatten auf der Kirchenbank gesessen und, den Blick kreuzwärts gerichtet, die Lippen zusammengekniffen, und nie wieder sollte Gwendolin den Drang verlieren, sich vorzustellen, wie der Bärtige aussah, wenn er plötzlich zum ersten Mal lachte. Der vergnügte Hölzerne gehörte dem Jungen und ihr, er war ein gemeinsamer Bekannter, der sie aufs Innigste verband. Es war ein so schöner Gedanke, dass er den geschundenen Blick verlieren und dass sein Gesicht etwas Fröhliches bekommen könnte. Wenn sich Gwendolin und der Junge das Lachen verkniffen, hielten sie einander fest und lachten dann jedes Mal mit den Händen.

Es gab auch noch einen anderen Bärtigen, über den Gwendolin und der Junge lachten und der nicht nach Weihrauch, dafür aber nach staubig getrockneter Ölfarbe roch: Hermes Ernesto Pirasol. Als der Junge drei Jahre alt geworden war, hatte Gwendolin begonnen, ihm Gutenachtgeschichten über den Kaffeemillionär aus São Paulo zu erzählen, achtzehnhundertachtzig, helle Hosen, blauer Wams, schlankes Bärtchen über dem verkniffenen Mund. Hermes Ernesto Pirasol war der Held aller Abende, er war der König von São Paulo, trat unentwegt als Retter auf und trug je einen gerollten Geldschein hinter den Ohren. São Paulo war eine verzauberte Stadt, in die Gwendolin und der Junge jeden Abend alles verlegten, was sie sich wünschten, selbst dann noch, als Hanne den Jungen längst mit Büchern über das echte Brasilien versorgte. Es waren fröhliche Geschichten, die Gwendolin dem Jungen und die der Junge später seiner Mutter erzählte, Hermes Ernesto Pirasol war ein tapsiger Held, der immer wieder haarsträubende Fehler machte, weil er bei seinen Rettungseinsätzen pausenlos Kaffee trank.

Sie hatten so viel gelacht. Was aber nur wenig zu der Fröhlichkeit der Geschichten passte, das war die Ernsthaftigkeit, mit der sich der Junge seinen Zufluchtsort aufbaute, eine Stadt, die mit den Jahren immer lebensechter wurde, ein armseliges, schmutziges und gefährliches Stück Welt. Den Jungen aber kümmerte das nicht, er hatte sich festgebissen und sicherlich etwas Wesentliches erkannt. Er musste begriffen haben, dass von der Villa eine viel größere Gefahr ausging.

Die Geschichten erreichten ihren Höhepunkt im letzten Zeeland-Sommer. Der Junge dachte sich eine Geschichte nach der anderen aus und Gwendolin tat, was sie immer tat: Sie ergänzte seine Fantasien, so gut sie konnte. Selbst beim Falten der Tapetentiere ließ der

Junge Hermes Ernesto Pirasol Kaffee trinkend durch die Straßen São Paulos stolpern.

Als kurz darauf die Tapetentiere brannten, hörten auch die Geschichten auf. Nur São Paulo fing irgendwann wieder an, Jahre später, als der Junge aus heiterem Himmel von seinen Reiseplänen erzählte, als er seinen Eltern mitteilte, worauf er die ganze Zeit gespart hatte und worauf er noch zwei weitere Jahre sparen würde, siebenundsiebzig im Oktober, ein Sonntag im Esszimmer, Braten, Kartoffeln, Kompott.

Wie sich das anfühlte: dass der Junge so weit wegwollte, dass es ihn ausgerechnet in eine Stadt zog, die Gwendolin ihm eingebrockt hatte, und dass er schon bald nicht mehr zu fassen sein würde. Für niemanden. Aber eben auch nicht für seinen Vater.

Gwendolin war voller Sorge und Erleichterung. Der Junge würde fort sein, geschützt sein, und überdies ahnte sie, dass etwas Schreckliches anstand. Denn Willem reagierte völlig unangemessen, schmunzelte nur, sagte: *Gut, gut, mein Sohn*, dann konzentrierte er sich wieder auf sein Fleischstück und verlor nie wieder ein Wort, das auch nur entfernt mit Brasilien zu tun hatte.

Und siebenundsiebzig begann die Angst, draußen im Land, vor den Suchplakaten an den Scheiben der großen Lebensmittelgeschäfte, in den Radiosendungen, aber am meisten in der Villa, am meisten in Gwendolin. Sie sprach mit Hanne darüber, aber die tröstete sie und verwies darauf, wie gut dem Jungen die Reise tun werde, außerdem sei noch viel Zeit, und es werde ganz bestimmt nichts Schreckliches geschehen. Hannes Beziehung zu dem Jungen war schon immer eine unbekümmerte gewesen, sie hatte nichts Flehendes und nichts Besorgtes, und vielleicht lag das daran, dass sie dem Jungen und auch sich selbst einiges zutraute.

Jacken-Karl und seine Frau, die zu dieser Zeit bereits verhärmt und abgemagert war, reagierten weniger zuversichtlich und wurden wie Gwendolin von handfesten Sorgen geplagt, die aber nichts mit Willem zu tun hatten. Sie fürchteten sich vor der Zeit ohne den Jungen, sie fürchteten sich schon jetzt voreinander, und einmal nahm die Frau Direktor Gwendolin zur Seite und flüsterte ungewöhnlich vertraut:

Gwendolin. Red ihm das aus, Mädchen! Red ihm das um Himmels willen aus!

Aber der Junge ließ sich nichts ausreden, und Gwendolin versuchte es auch gar nicht erst. Er schuftete, sparte, arbeitete jetzt viermal die Woche in der Ziegelei, verbrachte noch mehr Zeit im Jugendzentrum, führte sich vorbildlich in der Schule auf und hatte die besten Voraussetzungen, um gerade noch einmal so davonzukommen. Um von Willem wegzukommen.

Gwendolin gefiel es nicht, dass der Junge trotz allem eine merkwürdige Art von Vertrauen gefasst hatte und gefährlich offen über seine Pläne sprach, über das Geld, das ihm noch fehle für den Flug und für die Zeit in São Paulo. Er war lang und dünn, sein Blick gejagter denn je, und er war schön, dieser Junge, siebzehn, achtzehn, neunzehn Jahre, er war schön und schon so gut wie fort.

Nicht einmal auswandern wollte er, das eine Jahr Brasilien war alles, was er wollte. Danach gedachte er zurückzukehren, nach Deutschland, ganz egal wohin, und man hätte es aushalten können, es wäre zu ertragen gewesen.

Als aber der pralle Seesack in der Eingangshalle stand, da zeigte sich endlich, welcher der beiden langwierigen Pläne aufging; als der Seesack dort auf seine Abreise wartete, meldete sich plötzlich auch Willem wieder zu Wort. Und zur Tat.

Willems Tat war leise, zum ersten Mal kam alles Laute aus dem Mund des Jungen. Gwendolin war gerade in der Küche, als sie ihn schreien hörte von drüben aus dem Salon. Als sie dort ankam und den Jungen sah, rot und außer sich vor Wut, dachte sie ausgerechnet an Klöpsken, die ähnlich aufgelöst gewesen war, als Willem vor über zwanzig Jahren sein Personal entlassen hatte. Und das, was gerade geschah, war ja durchaus mit damals zu vergleichen, denn Willem tat das Gleiche: Er entließ jemanden. Er entließ den eigenen Sohn aus seinem Leben.

Ich hasse dich, schrie der stille Junge, ich hasse dich, das ist *mein* Geld!

Er brüllte und weinte und schluchzte in sämtlichen Stimmen, die er sein Leben lang nicht benutzt hatte, er ließ sie alle frei: die verzweifelte Stimme eines Kleinkinds und die eines Heranwachsenden, die eines Halbwüchsigen und die eines fast Erwachsenen, er schmiss dabei eine Vase auf den Boden, zerrte einen Vorhang herunter, boxte seinen Vater in den greisen weichen Bauch, stöhnte und klagte und winselte. Der Junge hatte sich, vergaß man die Enten im Park, nie gewehrt, er war die ganzen Jahre still gewesen, aber jetzt war es genug, unablässig schrie er: Mein Flugschein!, und Gwendolin hörte sich selbst etwas rufen: Willem, Willem, hör auf damit, was machst du denn, das kannst du nicht machen.

Doch der Angesprochene stand da, stand einfach da und tat, was er immer tat, er schmunzelte, ließ seine Augen zufrieren, rieb sich die Hände, zuckte mit den Achseln und sagte ausdruckslos:

Ich weiß nicht, was du meinst.

Der Junge sah zu Gwendolin, weinte, wie er nie geweint hatte, und flehte dann schwach:

Mutter. Er hat mir alles weggenommen. Hilf mir! Mutter!

Aber mehr als *Hör auf, Willem* konnte Gwendolin nicht tun, mehr als *Hör auf, Willem, tu ihm das nicht an* konnte sie wirklich nicht flüstern. Stattdessen drehte sie sich um und rannte aus dem Salon.

Es war das letzte Mal, dass der Junge sie angesehen

hatte, das letzte Mal, dass aus seinem Mund das Wort *Mutter* kam. Und obwohl man letzte Male nicht auf Anhieb erkannte, begriff es Gwendolin, noch während es passierte, und musste trotzdem den Salon verlassen, es ging nicht anders.

Als sie kurz darauf zurück war, sah sie nur noch den Jungen an ihr vorbeihasten, ohne Blick und ohne Stimme über das Parkett, sie hörte ihn den Seesack fassen und das Haus verlassen, alles unter der gelangweilten Aufsicht des Hölzernen, der, wäre er am Kreuz dazu fähig gewesen, höchstens ein Achselzucken für ihn übrig gehabt hätte.

Und das war das Schlimmste: wie der Junge die Tür nicht etwa zuknallte, obwohl es die Situation erfordert hätte, das Schlimmste von allem war, dass der Junge die Tür leise hinter sich zuzog, so als hätte er schon jetzt nichts mehr mit Pirasol zu tun, schon lange nicht mehr; das Schlimmste war, dass der Junge die Villa lautlos verließ, er nahm seinen Abschied so still, wie er die meiste Zeit hier gelebt hatte, und trug die Last von fünf vergeblichen Arbeitsjahren mit hinaus.

36

Gwendolin ist aufgewacht und sitzt im Bett, das Kissen in den Rücken geschoben. Sie blättert in einer der alten Engländerinnen: Nebel, Gouvernante, ein mürrischer Hausherr, und oben spukt Thea, geistert durch die Kammern im zweiten Stock, das tut sie mittlerweile fast jede Nacht. Durchs Fenster weht warm die dritte Stunde herein, wie gut, denkt Gwendolin, wie gut, dass das Fenster vergittert ist, sonst gäbe es hier auch eine Alarmanlage, so wie im Garten und im vorderen Bereich der Eingangshalle und im Keller, und Gwendolin könnte das Fenster nachts nicht öffnen.

Sie sitzt im Bett und fragt sich mit unruhigen Beinen, was der Vater zu den jung gestorbenen Engländerinnen gesagt hätte, zu den drei unglücklichen Brontës, die jemand mal *die taubengrauen Schwestern* genannt hatte. Und sie merkt etwas: Der Gedanke schmerzt nicht mehr, der Gedanke an das, was der Vater vor seiner Verhaftung war, nur die Knie schmerzen, der untere Rücken, sonst nichts. Es ist nur noch eine gewöhnliche Frage: ob der Vater die Brontë-Schwestern gemocht hätte, Charlotte, Emily, Anne.

In seiner Bibliothek hatte es keine von ihnen gegeben, mit dem B kennt sich Gwendolin aus, das B von damals ist ihr von vorne bis hinten geläufig, die Brontës hätten in der Nähe von Brecht und Brod gestanden. Sie fragt sich, ob es damals überhaupt schon Übersetzungen der Bücher gegeben hatte, sie wird am besten Hanne danach fragen. Der Vater, denkt sie. Vaterzeiten.

Gwendolin sitzt da und wartet, dass ihr das Herz schwerer wird wie sonst um diese Zeit, aber nichts, und es hat auch keinen Traum gegeben, niemand hat gebrannt, nicht der Vater, die Mutter, das Kind. Weit oben stampft Thea durch die Nacht, Gwendolin kann es leise hören, doch sie fürchtet sich nicht. Was sie fühlt, ist etwas anderes, eine Art Abwesenheit, die sie noch nicht recht fassen kann. Und als sie Minuten in sich hineingespürt hat, weiß sie endlich, was sie fühlt, sie fühlt, dass sie keine Schuld hat. Dass sie keine Schuld trifft, nicht ins Herz und nicht ins Mark.

Es ist ein neues Gefühl, fast schon vergessen, leicht wie der vergitterte Nachtwind. Das letzte Mal, dass Gwendolin keine Schuld hatte, war vor dem Fisch und den Apfelsinen, vor einer Ewigkeit, und Schuld war seitdem haufenweise da gewesen, einundsiebzig Jahre lang.

Sie meint keineswegs die Schuld, von der auf der Kanzel von Sankt Nikolai die Rede war, oder noch weiter oben, nein. Ihre Schuld hat nichts mit Weihrauch zu tun und noch weniger mit dem Geruch der heiligen Kerzen, Gwendolins Schuld riecht nach Keller dreiundvierzig und nach Kölnisch Wasser, *immer frühlingsfrisch*, sie riecht nach dem Schweiß von Frau Liddy und der geschäftigen Trauerarbeit der unglücklichen Schwestern Piwak, sie riecht nach Feuer und nach dem zurückgekehrten Vater und nach dem Salz misslungener Tränen.

Nie wieder.

Nie wieder ist Gwendolin nach Wilmersdorf gefahren, hat sich kein einziges Mal bei Frau Liddy oder den Schwestern Piwak gemeldet, sie kennt das Grab des Vaters nicht und hat erst spät um die Mutter getrauert, Jahre nach dem Umzug in die Villa; sie hat nur halbherzig nach Willems entlassenem Personal gesucht und sich von den wenigen Aufgestöberten viel zu schnell abweisen lassen, sie ist ein Mägdelein gewesen in all den Jahren, zu stumm, um sich für den Jungen einzusetzen und für sich selbst, dieser wochenlange Ekel, als der Vater zurück, und die kurze Erleichterung, als die Mutter weg war, nie mehr einzutauschen gegen ein angemessenes Gefühl von Liebe, und doch sitzt Gwendolin jetzt im Bett, riecht den frischen Bezug und von draußen den verblühenden Flieder, jetzt, in diesen Minuten, sitzt sie da, kann sie überall fühlen und weiß, es wird nicht von Dauer sein, aber bitte, für den Moment ist sie da: die Abwesenheit von Schuld.

Gwendolin legt das Buch beiseite, schlägt die Decke zurück, schiebt die Beine ein wenig zu schnell nach links über die Bettkante und merkt, dass ihr schwindlig wird. Sie stellt sich Sterben wie einen Taumel vor, wie einen Sog: dass sich alles dreht und nichts mehr von Belang ist, nicht der Wunsch, auf ein anderes Leben zurückzublicken als auf dieses hier, nicht die Einsamkeit und nicht das Warten, am wenigsten der Vater, die Mutter, das Kind; dass man gedreht und allmählich allem entzogen wird, immer im Kreis.

Sie kann hören, wie Thea wieder nach unten geht, wie sie sich ihren Weg zurückknarrt, vielleicht hat sie gefunden, wonach sie so lange gesucht hat da oben. Gwendolins Schwindel wird schwächer, ganz langsam kommt sie zur Ruhe, die Nacht hält an für sie, eine alte Frau im Nachthemd, vierundachtzig Jahre alt, und sie stirbt nicht, sie bleibt.

37

Ein einziges Mal sprach Jacken-Karl dann doch, hochbetagt und hochverwirrt im Seniorenstift der Kirchengemeinde Sankt Nikolai. Nachdem Frau Direktor Häussermann zehn Jahre zuvor das Zeitliche gesegnet hatte, war auch für Jacken-Karl die Zeit gekommen. Allerdings war er der Einzige, der das so sah. Sein Körper war robust und fast ohne Anzeichen: kein Stock, kein Hörgerät, keine Tabletten morgens, mittags, abends, alles war in einigermaßen bester Ordnung.

Die hauswirtschaftliche und gewerbliche Berufsschule am Großen Markt war längst ohne die Frau Direktor und ohne ihn weitergegangen, sie hieß jetzt *Berufskolleg* und war etwas Neumodisches geworden. Jacken-Karl kümmerte sich nicht darum und fragte nichts. Er kümmerte sich um gar nichts mehr. Er hatte keine Fragen und lachte mehr denn je. Denn wenn sich Jacken-Karls Körper schon nicht verabschiedete, dann doch bitte wenigstens das, was sich *in* Jacken-Karl befand, in seinem Kopf, gleich unter der flaumig weißen Schädeldecke. So ungefähr musste er es gesehen haben.

Er war bei weitem nicht der Einzige im Stift, der mit allem Geistigen gebrochen hatte und der das, was war, in aller Lautstärke vergaß. Aber er war der Einzige, der dabei lachte. Die Schwestern verachteten ihn dafür, Gwendolin konnte es Woche für Woche sehen, immer donnerstags, wenn sie ihn besuchte. Die Schwestern verachteten Jacken-Karl noch aus einem anderen Grund, denn der alte Mann hatte nichts, wirklich gar nichts von seinen Anzüglichkeiten der jüngeren Jahre verloren, und selbst Gwendolin musste ihm weiter ausweichen, was sie nach jahrzehntelanger Übung jedoch mit Leichtigkeit beherrschte.

Jeden Donnerstag stellte sie sich neu bei Jacken-Karl vor. *Mein Vater,* sagte sie dann, *mein Vater war dein Freund, dein Freund in Oranienburg-bei-Berlin,* und wenn sie der alte Mann irgendwann tatsächlich erkannte, dann einzig und allein durch sein Gefühl. Dieser Zustand des Erkennens setzte immer erst nach einer halben oder ganzen Stunde ein und blieb dann eine Weile, bevor er sich im düster verholzten Aufenthaltsraum des Seniorenstifts wieder verflüchtigte, Donnerstag für Donnerstag, Jahr für Jahr.

Ein einziges Mal sprach Jacken-Karl dann aber doch,

an seinem achtzigsten Geburtstag im herrschaftlichen Park der Einrichtung. Es war einer der letzten schönen Herbsttage, eine dünne Jacke reichte vollkommen, und Gwendolin und Jacken-Karl saßen auf einer Bank und schwiegen, wobei das Schweigen alle paar Minuten von einem seiner schallenden und gewohnt unheimlichen Lachanfälle unterbrochen wurde. Gwendolin war sein einziger Geburtstagsgast an diesem Nachmittag, niemand sonst war gekommen, keine von den früheren Lehrerinnen oder Schülerinnen, die bei der Beerdigung der Frau Direktor noch so zahlreich erschienen waren. Sie saßen also auf der Bank und schwiegen, lachten, schwiegen, und alles wäre so weitergegangen, wenn sich nicht eine dieser Krähen genähert hätte und direkt auf Jacken-Karl zugelaufen wäre.

Der einstige Direktor stampfte heftig auf, tat es mit erstaunlich viel Kraft für sein Alter, er stampfte auf und brüllte:

Drecksvieh. Widerwärtiges Drecksvieh.

Der schwarze Vogel wich erschrocken zurück und flog dann krächzend davon, anders als die vielen weißhaarigen Spaziergänger, die allesamt stehengeblieben waren hier und dort und mit offenen Mündern zu ihnen hinstarrten.

Als Jacken-Karl sein Publikum bemerkte, fing er an zu lachen und rief dann laut:

Aasgeier, elende. Können den Schnabel nicht voll genug kriegen. Liegt ja auch viel rum zwischen den

Baracken, was? Da und da und da, macht euch davon, ihr widerwärtigen Vögel, schwarze Aasgeier, elende, fliegen übers Lager von morgens bis abends, krah, krah, krah!

Jacken-Karl breitete gewaltsam seine Flügel aus, krächzte, lachte und schlug Gwendolin beim Flattern in die Seite, er konnte sich lange nicht beruhigen, sein Körper war hinlänglich beschäftigt. Er zitterte.

Gwendolin legte ihm die Hand auf sein unruhiges Bein, obwohl sie solche Berührungen stets vermieden hatte, und als das Beben irgendwann weniger wurde, sagte sie:

Ich glaube, du hast ihm damals deine Jacke gegeben. Ich wollte dir dafür danken. Dass du sein Freund warst. Das wollte ich dir die ganze Zeit sagen.

Der ganze Jacken-Karl hörte auf zu zittern, er lachte auch nicht mehr und schob Gwendolins Hand weg, so als müsste er beim Nachdenken ganz für sich sein. Und er *dachte nach*, beugte seinen Oberkörper nach unten und starrte auf den Parkweg, flüsterte, hielt sich kurz die Stirn, flüsterte, nickte, richtete sich dann schlagartig auf und sah zu Gwendolin. Rot vor Wut. Er war außer sich und rief wild und monoton:

Und *dann* kommt dir einer mit Büchern und du triffst den nach dem Appell und hältst den an der Jacke fest, mal ausprobieren, was der so macht, und der mit den Büchern reißt sich los, und weil du selber loslässt, fällt der direkt auf den Boden, platsch, und dann überlebt der auch noch, der mit den Büchern, zum Teufel!, der soll nur Sport machen bis Mitternacht, Sachsengruß, man ist ja sportlich im Lager, und der mit den Büchern ist ein Politischer, kein Rassenschänder, der mit den Büchern hat was am Bein und der fällt trotzdem nicht um, die anderen fallen um, die anderen sind dann raus und tot, peng, aber der mit den Büchern, der kommt wieder zum Appell, bloß von den Büchern erzählt der nie mehr, ich musste dem doch irgendetwas schenken, hier, Abmarsch, runter, tausend Stunden Sachsengruß –

Jacken-Karl sprang von der Bank auf, beugte ächzend und gefährlich wankend die Knie, verschränkte die Hände hinterm Kopf und hockte auf dem Parkweg wie ein längst erledigter Vogel. Er machte seine Sache erstaunlich gut und fiel nicht, obwohl er wackelte, und jetzt kamen endlich auch zwei, drei Schwestern, die vorhin nur die Köpfe geschüttelt hatten, aber keine von ihnen wagte es, dieses kleine Bündel Jacken-Karl zu berühren, den alten Mann, der Gwendolins Vater zum zweiten Mal ein Geschenk machte, indem er mit ihm zum Vogel wurde, gerupft und vollends gebrochen.

Dann fiel er zur Seite und begann zu lachen, gespenstisch und in so eindrucksvollem Crescendo, dass wahrscheinlich keiner im Publikum und am allerwenigsten Gwendolin selbst vermutete, dass Jacken-Karl in nicht ganz zwei Tagen tot sein würde, er lag am

Boden und lachte, lachte, schnappte nach Luft, schnappte nach Leben und nach nichts.

Gwendolin stand auf, kniete sich neben den alten Mann und hob mühevoll seinen Oberkörper hoch, zog ihn an sich und flüsterte:

Sachsengruß, was für törichte Namen sich diese Verirrten ausgedacht haben.

Jacken-Karl hielt sich an ihr fest und lachte sein verheerendes Lachen, das sie vom ersten Tag im Städtchen an gehasst hatte und das sie plötzlich verstand, weil es seine Art zu weinen war, so wie der Vater geweint hatte, indem er allmählich gestorben war, und wie sie selbst weinte, indem sie nicht mehr weinte.

Gwendolin spürte den Kiesweg unter ihren Knien und Jacken-Karls unrasierte Wange an ihrer, sie hörte die Stille der Herumstehenden und den heimlichen Lärm der Krähen, in der Ferne eine Sirene.

Danke, flüsterte sie, und Jacken-Karl sagte nichts. Er war ganz ruhig geworden. Er hatte aufgehört zu weinen.

38

Die Papierfabrik *Johann Suhr und Söhne* brannte knapp eine Stunde, dann war das Feuer gelöscht, Personen wurden nicht verletzt. Genau genommen brannte nur die baufällige Kantine, die ohnedies bald abgerissen werden sollte, aber das lokale Blatt des Städtchens nahm es auf andere Weise genau. Auf Willems Weise.

Wahrscheinlich lag es daran, dass seine Fabrik den Zeitungsverlag besonders günstig mit Papier belieferte, möglicherweise hatte es auch mit dem Ansehen zu tun, das Willem nach all den Jahren immer noch genoss, vermutlich war der Hauptgrund dafür aber einfach nur das Mitgefühl, das ganz allgemein jedem zustand, dessen Fabrik gerade vom eigenen Sohn angezündet worden war, wenn auch nur teilweise und mit mäßigem Erfolg.

Das lokale Blatt begann über den Vorfall zu berichten, als Gwendolin ihn noch nicht einmal ansatzweise begriffen hatte und nur eins wusste: dass sie bei ihrem Kind sein musste, jetzt. Dass sie ihm sagen musste: Ich weiß.

Ihr war übel vor Kummer und vor Vermissen, alle paar Stunden erbrach sie sich, aber auch jetzt weinte sie nicht, unablässig weinte sie nicht, sie starrte nur, starb und starb nur, weil ihr alles genommen worden war, alles, sie war krank in ihrem nutzlosen Körper und hatte nicht den Hauch einer Vorstellung, wo sie nach dem Jungen suchen sollte.

Die Mitarbeiter der Zeitungsredaktion hatten sich für ihre Berichterstattung merklich Mühe gegeben und sogar ein altes Bild des Jungen in den Archiven gefunden, eine wenig schmeichelhafte, erzwungene Fotografie, die ihn vor zwei Jahren bei einer Renovierungsaktion im Jugendzentrum zeigte, schwitzend, strähnig und von der Aufnahme sichtlich überrascht.

Gwendolin saß im Esszimmer, obwohl sie seit der Flucht des Jungen nichts mehr zu sich genommen hatte, höchstens etwas Wasser und einen Tee gegen die Magenschmerzen, sie saß da, aß nicht und strich über die aufgerissenen Augen des Jungen, über den Farbklecks auf seiner Wange. Mein Kind, dachte sie nur. Mein Kind.

Das Foto füllte eine halbe Zeitungsseite, darüber stand: *Der Schrecken geht weiter.* Mit Sicherheit gab es keine unpassendere Überschrift als diese, weil das Fabrikfeuer der nachweislich erste Schrecken war, der je von dem stillen Jungen ausgegangen war. Der Artikel unterhalb des Fotos machte dann aber deutlich, in welche Serie von Schrecken sich das Feuer des Jungen angeblich reihte. Dabei war es in diesem Jahr einigermaßen ruhig gewesen im Land, es hatte kaum Explosionen oder Entführungen gegeben, ein paar Verhaftungen höchstens, und vielleicht war die Sache langsam vorbei. Sie hatte lange genug gedauert.

Es war niemand anderes als Willem, der das kümmerliche Kantinenfeuer schürte und zum Großbrand hochlodern ließ. Er wusste, was er zu tun hatte, Gwendolin kannte ihn, er war schlau genug, um nicht konkret zu werden. Er benutzte die Sprache der weiteren Schritte. In vielen Artikeln, in denen er persönlich vorkam, meldete er sich nur vage zu Wort, verwies auf die beängstigende Entwicklung des Jungen seit dessen Besuchen im Jugendzentrum und erklärte, dass es für ihn nur eine Frage der Zeit gewesen sei, bevor der Junge einen Schritt weitergehen würde, noch weiter. Eine Überraschung sei es dann aber doch gewesen. Dass dieser nächste Schritt ausgerechnet in die Papierfabrik geführt hatte.

Der Junge war am späten Abend unbemerkt über den Fabrikzaun geklettert und hatte etwas Brennendes in das nächstbeste Gebäude geworfen, um sich dann auf dem Rückweg beim abermaligen Überwinden des

Zauns ausgerechnet von einem jener Wachmänner erwischen zu lassen, die ein paar Jahre zuvor wochenlang vor seiner Zimmertür gesessen hatten. Der Junge schaffte es zwar, seinen Fuß aus dem Griff seines Verfolgers zu befreien, verlor dabei aber einen Schuh, wie Aschenputtel. Gleich danach war er verschwunden, und anders als Aschenputtel blieb er es auch, er musste umgehend die Stadt verlassen haben. Gwendolin verachtete den Wachmann, der dem lokalen Blättchen so freimütig von der Tat des Jungen erzählte, und sie beneidete ihn, weil er den Jungen noch einmal gesehen hatte, zu einer Zeit, als dieser für sie längst nicht mehr einzuholen war.

Der Junge schaffte es nicht auf die Plakate an den Lebensmittelgeschäften, obwohl sein Foto gut zu den anderen Gesichtern gepasst hätte, die so unbeholfen zornig wie sein eigenes aussahen. Die Polizei suchte ihn lediglich wegen Brandstiftung und ließ sich nicht auf Willems Theorien ein, anders als der alte Böhlich und dessen nicht mehr ganz junger Apothekersohn, anders als die meisten im Städtchen. Abgesehen von Jacken-Karl und der Frau Direktor, abgesehen von *Fallingers Bücherstube*. Von der Ziegelei, dem Jugendzentrum. Aber sonst.

Gwendolin saß nur noch da. Sie hätte aufspringen und nach dem Jungen suchen können, gleich, sofort, aber etwas zog sie stets wieder auf den Stuhl zurück, sie blieb sitzen, zusammengesunken, die Arme hingen ihr zwischen den Knien, sie hatte einfach keine Kraft mehr. Alles war vorbei, Totenstille, Jungenstille, alles war unwiderleglich vorbei. Wochen blieb sie sitzen, allein, ohne Willem, der längst begriffen hatte, dass ihm zu Hause keine Mahlzeiten mehr vorgesetzt würden und der deshalb immer erst gegen Mitternacht zurückkam, um Gwendolin am Morgen die Zeitung auf den Tisch zu legen und danach gleich wieder in die Fabrik zu fahren, blasiert und kleinlaut.

Hier saß sie, hier, auf dem Stuhl. Sie hatte noch nicht angefangen zu warten. Sie hatte noch nicht angefangen zu suchen. Immer wieder klingelte das Telefon, läutete der Briefträger oder sonst wer an der Tür, doch sie ließ es klingeln, läuten, sie wusste, dass sich der Junge nicht mehr melden würde. Alle paar Tage, wenn ihr schwindlig wurde vor Hunger, aß sie ein paar Bissen, ab und zu ging sie zur Toilette, zog sich gelegentlich um und legte nachts ihren Kopf auf dem Esszimmertisch schlafen. Nichts davon hatte einen Sinn, alles hätte sie ebenso gut unterlassen können, denn der Junge war fort. Ein Brandstifter, verjagt und kriminell. Nur hier und da geliebt.

Gwendolin verbrachte drei Wochen im Esszimmer, abgesondert auf den Stuhl gedrückt, sie saß lange so da mit Augen, die stumm nach unten starrten. Es war still und warm und tagsüber viel zu hell, sie schwitzte und fror, drei quälend lange Wochen. Die Tage drückten sich von außen an die Fensterscheiben, sie kamen und gingen und änderten nichts, Gwendolin blieb sitzen und der Junge verschwunden.

Es war ein Mittwochvormittag, an dem sie ihren Posten endlich aufgab – und warum? Gwendolin wusste nur, dass es genug gewesen war, es hatte sich angefühlt, als sei ihr plötzlich ein wichtiges Vorhaben eingefallen, das sie ums Haar vergessen hätte. Sie fing wieder an, Mahlzeiten für Willem zu kochen, in ihrem Bett zu schlafen. Sie besuchte wieder Hanne und ihre Eltern, sie besuchte Jacken-Karl und seine Frau, sie redete, sprach und ließ sich auf ihren Wegen zum Buchladen und zum Großen Markt kopfschüttelnd oder voller Mitgefühl beobachten, wer konnte den Unterschied erkennen.

Sie sprach auch wieder. Doch in der Villa blieb sie stumm. Wortlos servierte sie Willem das Frühstück und das Abendessen, für das er jetzt wieder früher aus dem Direktorat nach Hause kam, und auch das Klavier schwieg, es gab keine *Waldszenen* und für Willem auch keine Gelegenheit mehr, seine zwei Sanftheiten pro Tag zu verrichten. Das alles war nicht geplant. Gwendolin hatte sich keinesfalls vorgenommen, nicht mehr mit Willem zu reden, es war vielmehr so, dass sie nicht mehr mit ihm reden *konnte*. Die Worte blieben ihr nicht in der Kehle stecken, sondern viel weiter unten, irgendwo im Brustbereich.

Und Gwendolin las. Sie saß am Esszimmertisch oder auf ihrem Bett und nahm sich endlich all die Bücher vor, die sie gesammelt, von denen sie aber viel zu wenige gelesen hatte, damals in Zeeland. Sie erwartete keinen Schutz und keinen Trost, las gierig, fühlte sich leer.

Und sie schwieg. Nicht nur einmal versuchte Willem, sie in ein Gespräch zu verwickeln, doch vergebens. Und als er begriffen hatte, dass in der Villa nichts als ein stummes Mägdelein vorzufinden war, strich er diesem Mägdelein einen Großteil des Taschen- und Haushaltsgeldes und ließ die Einkäufe von der Zugehfrau erledigen. Gwendolin wusste nicht, was er damit bezweckte, womöglich war es einfach nur eine neue Art von Gesprächsbeitrag und damit der Versuch, so etwas wie eine Antwort von ihr zu erbitten, ein Wort, ein Nicken. Nur – sie tat nichts von alledem.

Sein vergeblicher Versuch, mit ihr ins Gespräch zu kommen, hatte trotzdem eine beachtliche Wirkung, denn jetzt war Gwendolin mittellos. Das Geld, das sie in den letzten beiden Jahren gespart hatte, lag irgendwo im Seesack des Jungen vergraben, mit zitternder Hand hatte sie es hineingestopft, kurz bevor er ein letztes Mal an ihr vorbeigegangen war. Es waren mit Sicherheit viel zu wenige Scheine für einen neuen Brasilien-Flug, und wenn sie doch reichten, dann auf keinen Fall mehr für ein Auskommen in São Paulo. Nur noch Hermes Ernesto Pirasol, seit über hundert Jahren tot, aber für lange Zeit lebendig in den Geschichten, hätte dem Jungen mit seinen Kaffeemillionen aushelfen können.

Dass Gwendolin kein Geld mehr hatte, bedeutete vor allem eines: dass sie, als sie wieder die Kraft besaß, aus dem Haus zu gehen, nicht nach dem Jungen suchen lassen konnte. Er hatte sich in Luft aufgelöst, in Richtung São Paulo oder ohne Ziel, und sie hätte eine Detektei beauftragen müssen, um ihn zu finden.

Und wo fängt man an, wenn man nach seinem Kind sucht? Wo fährt man hin? Wo steigt man aus? Sie hätte auch kein Geld für Fahrkarten gehabt, geschweige denn für einen Flug nach Brasilien. Also führte sie ihre Suche nicht weiter als bis in das Jugendzentrum, bis in die Ziegelei, bis in die frühere Schule des Jungen, sie brachte ihre Fragen mit und bekam als Antwort jedes Mal eine Hand auf ihrem Oberarm zu spüren: Frau Suhr, ich bin auf Ihrer Seite.

Die Hände taten ihr gut. Aber was ihr einen Stich versetzte, das war die Traurigkeit von Hanne und deren Eltern, das war die laut lachende und leise weinende Trostlosigkeit von Jacken-Karl und seiner Frau, es war das Letzte, was Gwendolin wollte. Ihren Kummer teilen.

Hanne ließ einen Bücherstapel, der eigentlich dem Jungen galt, noch lange neben der Kasse liegen, fünf oder sechs nagelneue Exemplare, ganz oben, in Hellblau und Violett: *Die Fälschung*. Und obwohl der Autor dieses Buches schon kurz nach der Flucht des Jungen nicht mehr lebte und der Geflüchtete selbst unauffindbar blieb, ließ Hanne den Stapel zwei ganze Jahre unangetastet, bis er dann weg war und Gwendolin ahnte, dass Hanne aufgegeben hatte.

Jacken-Karl und die ohnehin angeschlagene Frau Direktor Häussermann veränderten sich. Er riss zwar nach wie vor Herrenwitze, und seine bleiche, immer magerer werdende Frau putzte ihn einfallsreich herunter, genau wie früher. Aber manchmal konnte Gwendolin so etwas wie Zuneigung beobachten, die sekundenlang aufleuchtete, wenn die Eheleute einander ansahen. So etwas hatte es früher nicht gegeben, *vor* der Zeit des Jungen, und auch später nicht, in den Zeiten zwischen seinen Besuchen. Gwendolin wusste etwas, und sie wusste es nicht gern. Denn was da zwischen den beiden geschah, das war der Junge. Und was zwischen Gwendolin und Willem passierte, war das reine Gegenteil.

Willem ertrug das Schweigen seines Mägdeleins ein Dreivierteljahr, dann machte er sich polternd aus dem Staub. Nach den ersten stillen Wochen war er selbst stumm geworden, jedenfalls in der Villa. Er brachte, als Gwendolin wieder Mahlzeiten zubereitete, die gemeinsamen Frühstücke und Abendessen wortlos hinter sich, nur manchmal schlürfte er beim Trinken oder schmatzte leise. Doch schon im Frühsommer des Jahres nach der Flucht des Jungen begann er wieder mit Gwendolin zu reden, und es schien ihm nichts mehr auszumachen, dass sie auch weiterhin stumm blieb, kein einziges Wort kam von ihr, nicht in der Villa, wo das Wichtigste fehlte.

Willem wurde nahezu anhänglich. Häufig berührte er Gwendolin leicht am Oberarm und streichelte kaum spürbar ihre Wange, im Vorbeigehen und wie aus Versehen. Einmal pro Tag stellte er sich vor sie hin und sagte:

Ich war das nicht, das hat er sich ausgedacht.

Er trug diese Mitteilung weinerlich und fast schon überzeugend vor. Und manchmal saß er einfach da mit seinem schweren, alten Körper und sah sie lange an, liebevoll und fassungslos zugleich. Willem war müde geworden. In der Fabrik ließ er sich immer häufiger vertreten, was kein Problem war, denn *Johann Suhr und Söhne* war gut im Geschäft, seit kurzem hatte die Fabrik sogar einen modernen Kantinenbau.

Gwendolin hatte wirklich nichts geplant, das eine so wenig wie das andere. Aber seit der Junge fort war, lebte sie wie in Trance. Sie geschah, mehr nicht. Die Tage gingen weiter, die Wochen, Monate, aber nichts wurde anders, sie konnte nicht mehr mit Willem reden, die Sprache glückte ihr nicht, wenn er in der Nähe war. Nichts gelang ihr mehr, der Junge war fort, und Gwendolin tat nur noch das Nötigste für Willem. Nicht das Wichtigste. Sie erinnerte ihn nicht mehr an seine Tabletten.

In der Zeit, als es dem Jungen misslungen war, die

Papierfabrik abzubrennen, hatte es Willem bereits auf drei verschiedene Pillen gebracht, die morgens und nun auch abends eingenommen werden mussten, Herz, Blutdruck, Aspirin. Böhlich hatte seinen väterlichen Freund und besten Kunden regelmäßig mit kleinen, leeren Tablettenschächtelchen aus seiner Apotheke versorgt, und vor der Flucht des Jungen hatte Gwendolin Willem jeden Morgen daran erinnert, seine Medikamente einzunehmen und je eine weitere Portion in der Schachtel zu verstauen und auf dem Tisch im Esszimmer zu hinterlegen.

In den ersten Wochen nach dem Kantinenfeuer gelang es ihm noch, auf die Einnahme zu achten. Er schluckte die Pillen triumphierend im Esszimmer und legte das gefüllte Schächtelchen dann vorwurfsvoll neben die Zeitung auf den Tisch. Wenn er gegen Mitternacht aus der Fabrik kam, dachte er sogar daran, noch einmal ins Esszimmer zu gehen, wo sich nicht nur Gwendolin und die Morgenzeitung befanden, sondern eben auch das Schächtelchen und die drei Tabletten.

Aber er wurde, als der Raum schon längst wieder zur Einnahme von Speisen genutzt wurde, nachlässiger, und er wusste darum. Eine Zeit lang ließ er sich morgens von Böhlich anrufen, aber der war zu vergesslich geworden. Später beauftragte Willem seine Sekretärin, Karteikarten für ihn zu schreiben, die er in der Villa verteilte und nach und nach wieder entfernte, weil er es nicht ertrug, dass im Haus Papier herumlag.

Die Einnahme kam mehr und mehr aus dem Gleichgewicht, Gwendolin konnte es jeden Tag sehen, und sie versuchte nicht nur einmal, wieder mit Willem zu reden. Doch vergebens, sie brachte es nicht fertig, auch nur ein einziges Wort an ihn zu richten. Sie schaffte es noch nicht mal, ihm stumm seine Medikamente zu reichen oder ihm das Schächtelchen für den Abend zu füllen. Nein. Er hatte ihr den Jungen genommen.

In der Stadt hieß es später, Willem sei an seinem Unglück gestorben, aber Gwendolin wusste, dass er an *ihrem* Unglück gestorben war. Willem stürzte an einem Dienstagmorgen im mittleren August die Treppe hinunter, begann seinen Fall direkt unter dem Gemälde von Hermes Ernesto Pirasol und blieb unten liegen. Vor dem Sturz hatte er noch laut gestöhnt und ungläubig *Au* gerufen und danach: *Gwendolin!* Sie war sofort hingeeilt, hatte den Wasserhahn zugedreht, sich die Hände am Rock abgewischt und war aus der Küche in die Eingangshalle und dann zur Treppe gerannt, wo Willem ihr entgegenfiel, in einem solchen Tempo, dass sie ihn gar nicht hätte halten können. Und das war das Seltsame: Sie *hätte* ihn gehalten, sie *wollte* ihn halten, so schwer, wie er war, und so schwer, wie alles auch sein mochte. Sie hätte ihn gehalten.

Willem lebte noch eine knappe Stunde, und Gwendolin blieb bei ihm, hielt seine schweißige Hand und strich ihm über die letzten paar Haare. Er sah sie mit müdem Erstaunen an, auch dann noch, als die Sanitäter endlich kamen und ihn unbeholfen zum Überleben bewegen wollten und einfach nicht begriffen, dass sie so nicht weiterkamen. Unentwegt sah er sein Mägdelein an, und seine grauen Augen froren nicht zu, er machte da weiter, wo er damals auf der Kirmes angefangen hatte.

Und als er im Krankenwagen mit einem Mal aufhörte, Gwendolin anzusehen, bekam sie es mit einem Gefühl zu tun, für das sie sich schämte, vor allem vor dem abwesenden Jungen. Aber sie konnte nichts dagegen tun. Was sie fühlte, war etwas Warmes, fast Zuneigung für diesen toten, stämmigen Mann, sie war berührt von seinem Vergehen und kannte sich kurz in Willem aus, sie verstand ihn, den Sterbenden, und sie hörte nicht auf, seinen Kopf zu streicheln. Die Ärzte, die den Toten in Empfang nahmen, waren später erstaunt darüber, dass Willem mit seinen Tabletten aus rotem Fingerhut so lange gelebt hatte, und betrachteten ihn trotz seiner kleinen Schlaganfälle, von denen er in den letzten Jahren heimgesucht worden war, noch nachträglich als medizinisches Wunder.

Das warme Gefühl verschwand erst wieder, als Gwendolin Tage später drei kleine Parfumflaschen mit Geschenkschleifen und eine angebrochene Schachtel Montecristo-Zigarren in seinem Schreibtisch entdeckte, daneben zwei Magazine mit leichtbekleideten Damen und darunter versteckt noch zwei andere Dinge, die ihm offensichtlich viel peinlicher waren als die freizügigen Journale: eine Blechdose mit Geldscheinen und einen Flugschein nach São Paulo.

39

Sie tragen Grünpflanzen ins Haus, Zimmerlinden in hellbraunen Töpfen, Preisschilder an den schmächtigen Stämmen, und Thea befiehlt:
In den Salon.
Alle?
Was sonst.
Ein Sohn geht vorbei, einer von den Begleiterinnen, er bringt ein gerahmtes Bild und einen Spiegel in Theas Zimmer und pfeift dabei, als wäre es nichts. In zwei Wochen wird die Frist verstrichen sein, dann muss Thea alles wieder aus dem Haus tragen lassen, die Pflanzen und das Bild und den Spiegel, sie wird sich selbst aus dem Haus tragen müssen und nur das in der Villa lassen, was sie hier angerichtet hat.
Aber Thea denkt nicht im Traum daran. Genauso

sieht Gwendolin sie wieder aus dem Salon kommen: wie eine, die nicht im Traum daran denkt. Dabei habe sie längst ein neues Zimmer gefunden, das hat eine ihrer früheren Begleiterinnen erzählt, ausgerechnet jene, die sich damals am Küchentisch für Gwendolin eingesetzt hat. Sie waren einander in *Fallingers Bücherstube* begegnet und die andere hatte das Gespräch gesucht und zurückhaltend, aber sehr klar von Theas Umzugsplänen und der neuen Unterkunft erzählt.

Eine Unterkunft?, hatte Gwendolin gefragt. Doch nicht etwa bei Ihnen?

Die einstige Begleiterin zuckte zusammen, sah Gwendolin verständnislos an und schüttelte dann unmerklich den Kopf, woraufhin Hanne einmal quer durch den ganzen Laden rief:

Also wirklich, meine Liebe, das hätten wir auch nicht von Ihnen gedacht.

Dann war Stille gewesen, und schließlich mussten sie alle lachen, verschämt und erleichtert, wie Kinder fast.

Aber Thea lässt sich nichts anmerken. An allen Dingen, die sie für das Haus gekauft hat, kleben blassgelbe Zettel, an den Küchenmöbeln und an Geschirrteilen, sogar am Kleinsten, Zettel mit Geldbeträgen, die Gwendolin zeigen sollen, wie viel Thea in das Haus investiert hat. Es scheint eine Menge zu sein.

Thea ist noch anwesender als früher, überall, an

allen Ecken und Enden, und es ist sicher, dass sie etwas plant, das kann Gwendolin sehen. Seit einigen Wochen verbraucht Thea den Strom von Jahrzehnten, benutzt oft mehrere Geräte gleichzeitig und lässt in allen Räumen die Lampen brennen, auch bei Tag.

Älter wirkt sie, ausgemergelter als sonst, wie feine Gitterstäbe fallen ihre Falten mundwärts von der Nase. Den Begleiterinnen gegenüber ist sie nachlässiger geworden, vor allem in ihrer gestelzten Freundlichkeit. Thea hat Launen, auch vor den andcren, Thea hat viel zu verlieren.

Seit kurzem stellt sie Gwendolin Dinge in den Weg, rückt Gegenstände vor die Kellertreppe oder ihre Tür, Stühle, einen Eimer, ein altes Radio. Und wenn es ihre Zeit zulässt, nimmt sie sich Krischan vor, herrscht ihn an und schimpft ihn jetzt ganz offen einen *Strauchdieb*, sie scheint weiterhin zu glauben, dass sie ihn verletzen kann.

Sie wohnt da, wo früher das Esszimmer war, seit je der unglücklichste Ort. Und jetzt, zwei Wochen vor Ablauf der Frist, ist es auch das Zimmer, in dem sie kurz verschwindet, um stampfend umherzuirren und dann wieder herauszukommen und quer durch die Eingangshalle zu brüllen:

Gwendolin! Halt! Und jetzt hör mir mal genau zu. Hör genau hin. Ich *kann* gar nicht ausziehen, Schätzchen. Du hast mir etwas angetan, das geht nie wieder weg, *ich* geh nie wieder weg. Du hast Schuld auf dich geladen, ich bleibe hier. Du wirst mich nicht mehr los, nie wieder, hörst du, Schätzchen, du hast dich schuldig gemacht, da kommst du nicht mehr raus, das sag ich dir, mach dich auf was gefasst, ich –

Da wird Thea etwas leiser, und Gwendolin muss sich anstrengen, um einigermaßen zu erfassen, was Thea noch hinzufügt. Um zu verstehen, dass sie zu ihr sagt:

Ich habe noch eine Überraschung für dich. Bald verrate ich dir etwas.

40

Zwei Monate nachdem sie Witwe geworden war, erfuhr Gwendolin aus heiterem Himmel sowie aus einem Schreiben des Nachlassgerichts, dass Willem ihr sein gesamtes Vermögen und das Haus vererbt hatte und zudem noch die spürbare Summe, die der Verkauf von *Johann Suhr und Söhne* eingebracht hatte.

Gwendolin war beileibe überrascht. Die letzten Monate seines Lebens musste Willem vor allem damit beschäftigt gewesen sein, sein anstehendes Totsein sorgfältig zu planen, ein Ende, mit dem er offenbar gerechnet hatte. Über diese Planung hatte er allerdings eine andere, viel wichtigere vergessen: die Vorbereitung auf das Sterben selbst. Denn sein Ende hatte ihn, den akribischen Vorkehrungen zum Trotz, jäh überrascht und mit aller Kraft aus der Bahn geworfen, über die Treppe bis direkt in die Eingangshalle hinein; er vollführte es wie jemand, der sich partout nicht auskannte, und schien über die Maßen erstaunt, über die Maßen nicht bereit.

Im Gegensatz zu seinem Tod aus dem Stegreif war Willem auf die Zeit danach aber beeindruckend gut vorbereitet gewesen. So hatte er veranlasst, dass der Verkauf von *Johann Suhr und Söhne* nach seinem natürlichen Ausscheiden wirksam wurde, außerdem war er durch ein paar Gespräche mit dem Steinmetz und der Friedhofsverwaltung seinem toten Vater entkommen, indem er sich eine Ruhestatt weit weg von der verhassten Familiengruft gesichert hatte, und schließlich hatte er seine eigenen Grausamkeiten überaus großzügig beglichen.

Im Oktober neunzehnhundertachtzig, als Gwendolin wohlhabend und der Junge mehr als ein ganzes Jahr verschwunden war, fing ihre Suche dann endgültig an. Dabei hatte sie auch vorher schon, seit der Flucht des Jungen, ständig nach ihm gefragt, war immer wieder in die Ziegelei und ins Jugendzentrum gegangen und hatte sich irgendwann nur noch mitfühlendes Achselzucken abgeholt. Sie hatte Mitschüler und Lehrer gefragt und war ebenfalls mit Achselzucken abgefertigt worden. Fragen zu stellen war das Einzige, was Gwendolin für den Jungen und für sich tun konnte.

Aber erst als sie Alleinerbin und allein war, begann

die richtige Suche, weit über das Städtchen hinaus. Im Laufe der Jahre beauftragte Gwendolin sämtliche Detekteien, die sie auftreiben konnte, und jede von ihnen nahm irgendwann auch Kontakt zu den Behörden von São Paulo auf. Sie selbst fuhr jahrelang in die umliegenden Orte, brachte ganze Tage auf den Parkbänken der Unteren Rheinniederung zu und wartete auf den Jungen. Die Sommer verbrachte sie in Zeeland und wohnte dort in einem kleinen Hotel, weil Willem das Häuschen in der Zeit der Tapetentiere an eine seiner Damenbekanntschaften verschenkt hatte, die es an Feriengäste vermietete. Gwendolin ging manchmal an ihm vorbei. Es war ein glückliches, ein entschiedenes Häuschen. Es konnte vieles bezeugen. Das Beste.

Jeden Tag lief sie zum windigen Strand, bewegte sich an den öffentlichen Toiletten und am Leuchtturm vorbei durch die still daliegenden Dünen, und stundenlang saß sie dann im Sand und wartete, dass das Meer den Jungen hergab so wie früher, wenn es ihn gnädig losgelassen hatte und ihr gänsehäutiges Kind dann auf sie zustapfte mit überkörnten Füßen und sich zitternd in das große Handtuch warf, das sie ausgebreitet in den Händen hielt.

Aber der Junge kam nicht aus dem Wasser. Er kam auch nicht zurück ins Städtchen. Er blieb verschwunden. Weder in São Paulo noch sonst irgendwo wurde er von den Detektiven aufgespürt, er hatte keine Spuren und keine Sehnsucht hinterlassen, und Gwendolin stellte sich manchmal vor, was der Junge antworten würde, wenn man ihn nach seiner Mutter fragte: Sie ist tot, würde er sagen, oder: Ich habe keine Mutter mehr, oder: Ich habe nie eine Mutter gehabt.

Nach Willems Dahinscheiden ließen zuerst das Mitgefühl und bald auch das Interesse für den Jungen in der Ziegelei und sogar im Jugendzentrum deutlich nach, obwohl man sich doch gerade dort sehr über Willems Aussagen geärgert hatte. Gwendolin konnte diese Gleichgültigkeit beinahe verstehen, denn erstens war das Leben weitergegangen, und zweitens war Willems Leben *nicht* weitergegangen, was eindeutig gegen den Jungen sprach. Nachträglich.

Im Jugendzentrum, seit kurzem *Second Home* genannt, gab es nur einen Menschen, der Gwendolin bei ihrem nahezu letzten Besuch noch zuhörte, einen bärenhaften Kindsmann, der nicht älter als der Junge und eine Art Hausmeister war, sich aber auch um den kleinen Garten des Hauses kümmerte. Er war neu hier: groß, korpulent und zerzaust, den Jungen hatte er nicht mehr kennengelernt. Von ihm ging eine Ruhe aus, die Gwendolin ihm fast geglaubt hätte, aber sie sah auch, dass er sich oft am Unterarm kratzte, und manchmal zuckte sein rechtes Lid. Sie sah, dass es in ihm bebte. Auch in ihm.

Sie waren draußen gewesen, der Hausmeister und Gwendolin, obwohl es kalt war und nieselte. Die meiste

Zeit nickte der Bärenhafte nur, aber ab und zu sagte er Dinge, und diese kamen ohne Bedauern und Kopfschütteln aus. Abgesehen von Hanne und ihren Eltern und Jacken-Karl und der Frau Direktor Häussermann war er der Einzige, der sich wirklich für den Jungen interessierte.

Sie mochte es, wie er mit der Erde umging und wie langsam er war, fast elegant in seiner Schwerfälligkeit, und wie behutsam er die Stauden pflanzte und wie entschlossen er die Fragen des Leiters der Einrichtung überlächelte: Stauden? Im Herbst?

Er war, das hatte Gwendolin an diesem einen Nachmittag erkannt, jemand, der ungewöhnlich lange nachdachte, bevor er sich zu einer auffallend kurzen Antwort hinreißen ließ. Aber als sie ein paar Wochen später ein weiteres Mal das *Second Home* betrat und dem jungen Mann, nachdem sie fast wortlos an den anderen Mitarbeitern und den Jugendlichen vorbeigehastet war, eine Anstellung als Gärtner anbot, ein paar kleinere Reparaturarbeiten ab und zu, gute Bezahlung, am liebsten sofort, *und darf ich so etwas überhaupt verlangen*, da sagte Krischan gleich ohne sichtbare Überlegung:

Stauden, gnädige Frau. Ich werde gleich Stauden für Sie besorgen.

Es waren einsame Jahre, langgezogen und leer. Und doch konnte man sie ertragen, was Gwendolin Krischan zu verdanken hatte und außerdem der Suche nach dem

Jungen, all den Reisen und den Parkbänken und den Detekteien, siebzehn Jahre, in denen sie und Krischan und irgendwo, an einem geheimen Ort, auch der Junge langsam älter wurden, Jahreszeiten und Regentage und aufgeschmolzene Grenzen, der Tod von Jacken-Karl und die Schließung der Papierfabrik im Winter fünfundneunzig, siebzehn einsame, aber suchende Jahre, immerhin.

Gwendolin hatte schon einmal gewartet: vor Lichtjahren auf den Vater und die Mutter, aber gesucht, nein, das hatte sie nicht, sie hatte so lange nicht gesucht, bis ihr das Warten langsam abhandengekommen war.

Mit der Suche nach dem Jungen verhielt es sich anders, Gwendolin stellte sie nicht allmählich ein, sondern ausgesprochen plötzlich, an einem vernieselten Septembernachmittag auf dem Friedhof. Noch am Morgen dieses Monatsdritten hatte nichts darauf hingedeutet, dass sie schon einen halben Tag später die wichtigste Beschäftigung der letzten Jahre aufgeben würde. Dass sie die Suche nach dem Jungen beendete. Es kam einfach, war plötzlich da, auf einer dunklen Bank im Nieselregen überfiel es sie, und Gwendolin konnte nichts dagegen tun. Aufrecht saß sie da, und es war vorbei. Sie wusste, was sie ab sofort sein würde: ein Mensch ohne Zuversicht. Ein Mensch, der nicht weiterging.

Und später erhob sie sich von der Bank, schwergeregnet, erloschen, schleppte sich bis zur Villa und schloss die Tür auf, betrat das stille, leere, trostlose Gebäude und fühlte, dass das zwei verschiedene Dinge waren: Pirasol und sie. In der Küche tickte die Uhr, der Kühlschrank brummte, eine Fliege stieß gegen das Fenster, und es war dunkel vor Regen, kein Wort von irgendwem, keiner, der ihr sagte: Es ist nicht zu spät. Du wirst sehen. Hör nicht auf zu suchen.

Nein, das sagte niemand, und Gwendolin saß da und fror, sie merkte, dass sie nach Regen roch. Von nun an wäre die Einsamkeit nicht mehr zu lindern, ab sofort würde es nur noch sie geben, und so war es auch, Jahre, Jahre, und auch Krischans Anwesenheit an den Vormittagen konnte ihr dieses Alleinsein nicht mehr ausreden. Die Einsamkeit war schlecht beleuchtet, war finster wie die Nacht.

Aber sie war für Gwendolin nicht dunkel genug, um nach fünf Jahren Thea zu übersehen, Thea vor Willems Grab, in der einen Hand eine Handgabel und in der anderen ein Schokoladenpapier, Gold und Schwarz, und diese Einsamkeit war dunkel genug, um irgendwann *Hören Sie sofort auf* zu sagen und später, ganz am Ende: Ja.

41

Der Tod hat Gwendolin erkannt, er tut, als sähe er sie nicht, geht weiter mit geducktem Kopf. Böhlich hat er gesehen, letzte Woche hat er ihn geholt in seinem einundachtzigsten Jahr, so wie er auch ihren Mann in Empfang genommen hatte vor Urzeiten im Rettungswagen.

Gwendolin kniet vor Willems Grab, hat sich mühsam auf das Grabkissen begeben, um sich wie sonst um die erdige Schlafstatt zu kümmern, die übliche Arbeit, nichts Neues. Aber etwas hält sie ab. Ihre Knie wachsen ins Kissen und sie muss an Hanne denken, an *Fallingers Bücherstube*, an den Stapel neben der Kasse, fünfunddreißig Jahre alt, fünf oder sechs vergriffene Exemplare, ganz oben, in Hellblau und Violett und mit vergilbten Seiten: *Die Fälschung*. Erst gestern hat

Hanne den Jungenstapel aus seinem Versteck geholt und stillschweigend aktiviert, ohne Kommentar, stumm und entschieden.

Die Hoffnung greift um sich, denkt Gwendolin kniend vor dem Grab des Mannes, der ihr den Jungen gegeben und danach wieder genommen hat, allmählich, aber mit beträchtlichem Erfolg. Und ein letztes Mal legt sie die Hand in den Schuhabdruck, dann nimmt sie eine kleine Hacke und lockert die festgeklopfte Abdruckerde, die Spur verliert sich. Nein, denkt sie. Bestenfalls nie wieder.

Sie holt etwas aus der Jackentasche, Schokoladenpapier in Mint und Ocker, und gar kein schlechtes Papier ist das, wenn man bedenkt, wie billig die Schokolade war, sie kennt sich aus mit diesen Verpackungen.

Es könnte sein wie sonst: Sie würde mit dem Pflanzholz ein sehr tiefes Loch in die Erde bohren und es nach der wichtigsten Arbeit wieder zuschütten, so wie immer seit jenem Septembertag vor siebzehn Jahren. Von Anfang an hatte sie es nicht fertiggebracht, das Grab zu bepflanzen, jedenfalls mit nichts, das wuchs. Als die Blumen und Kränze weggeräumt waren und sich der Grabhügel nach ein paar Monaten gesetzt hatte, war ihr beim Anblick der Erde klargeworden, dass das Grab so bleiben musste, dunkel und leer.

Erst an dem Tag, als sie die Suche nach dem Jungen einstellte und der Zorn auf Willem nicht mehr zu ertragen war, begann sie das Grab doch noch zu schmücken, sie fing an zu säen, unterirdisch und versteckt: Sie säte *Vollmilch mit zartem Schmelz*, verteilte *feine Mintfüllungen*, vergrub *Zart-* und *Halb-* und *Edelbitter* und *met Hazelnoten*, *Noisette* und *Creme-Schokolade* und *Swiss Milk Chocolate*, drückte *Nougat* und *Traube-Nuss* in die Erde. Das Grab wurde bald zur menschgroßen Halde von Schokoladenmüll, gut gepflegt und verborgen, all die Jahre.

Gwendolin streicht über Willems Liegestatt und flüstert:

Genug Papier. Ruh dich aus jetzt. Stirb.

Sie würde Krischan darum bitten, das Grab frisch zu beziehen, er könnte Bodendecker auf die brache Erde setzen, das sähe nach etwas aus. Sie erhebt sich, atmet durch und tritt auf der Stelle, bis die Knie wieder eingerenkt sind. Sie stopft das Schokoladenpapier zurück in ihre Jackentasche, zum ersten Mal seit siebzehn Jahren, und denkt daran, wie sich die Friedhofsverwaltung vor Freude überschlagen wird.

Sie will nicht mehr so oft herkommen, höchstens ein- bis zweimal die Woche, zum Gießen. Höchstens ein- bis keinmal. Es reicht, es ist genug jetzt.

42

Das Laken staubt, als Krischan es mit einem Ruck vom Schrank zieht und so schüttelt, dass es knallt wie ein Flügelschlag. Der Staub treibt durch das modrige Zimmer zum Fenster hinaus und Gwendolin stellt sich vor, wie das von draußen aussieht, die krausen Wolken, die aus der Villa in den Garten quellen. Wie ein brennendes Haus.

Sie husten jetzt beide, Krischan und sie, und es fühlt sich an wie Lachen, selbst nach acht Zimmern noch, nach alldem Staub und dem ältlichen Geruch der Möbel, wie Lachen fühlt es sich an. Krischan schlurft, die Hände in den Hosentaschen, aus der Kammer und wartet auf Gwendolin, die Staub im Auge hat und der die Knie schmerzen vom vielen Stehen. Sie folgt ihm schwer und froh, ihr Herz ist warm, und immer wieder ist es das Herz von damals, sekundenkurz das schiere Herz eines Wilmersdorfer Kindes.

Als er das letzte der oberen Zimmer öffnen will, am Anfang des Korridors, sagt sie:
Krischan.
Gnädige Frau. Machen wir weiter?
Krischan, bitte. Dieses Zimmer hier. Ich kümmere mich später darum.
Viel später?
Heute Nacht.
Gut, gnädige Frau. Dann gehen wir jetzt nach unten.
Er hält ihr den Arm hin, und beide steigen sie die Treppen hinab, bleiben stehen unter dem Gemälde von Johann Suhr und seiner Gattin mit dem unglücklichen kleinen Kopf, nehmen dann die restlichen Stufen weiter nach unten und bleiben im ersten Stock stehen. Gwendolin holt Luft, und das Atmen fällt ihr schwer, es ist leicht beinahe.

Willem hatte bei allem ganze Arbeit geleistet, darauf war seit je Verlass gewesen. Alles Schlimme, das ihm mit größter Absicht unterlaufen war, hatte er kurz danach verschwinden lassen, so weiß, wie es eben ging, und die ersten Möbel, die er verhüllte, waren die seines überstürzt entsorgten Personals.

Nur wenige Stunden nach dessen fristloser Kündigung verbarg er die Zeit, die die Hauswirtschafterin und Klöpsken und die Köchin und der Hausmeister und die Dienstmädchen und die Gehilfen hier verbracht hatten, unter den damals schon uralten Laken aus der Sammlung seiner Mutter. Die Tücher waren fein gemustert mit leicht glänzenden Ornamenten, altmodisch und viel zu schön für die Taten, die sie verhüllen sollten.

Ein paar Monate später befestigte Willem die Laken auch an den Bücherregalen in der Bibliothek und verhüllte den Sessel und alle übrigen Möbelstücke, bevor er die Tür zuschloss und den Raum endgültig zum verbotenen Zimmer erklärte. Er verhüllte den rostbraunen Steinway-Flügel mit dem Jungen-Kratzer, nachdem Gwendolin ihm die *Waldszenen* verweigert und er begriffen hatte, dass sie sie ihm nie wieder vorspielen würde, er deckte auch alles andere im Musikzimmer zu, und nur Stunden nach dem Kantinenbrand radierte Willem das Zimmer des Jungen im zweiten Stock mit doppelt so vielen Laken aus, als für die wenigen Möbel nötig gewesen wären. Schweigen: ein Haufen vergilbter Laken auf nutzlosen Möbeln.

Sein Arbeitszimmer und den Salon verhüllte Gwendolin dann aber selbst, denn sie waren Richtstätten und nichts anderes als das. Sie kaufte neue Laken, weil Willem mit den alten so verschwenderisch umgegangen war, und deckte seinen Schreibtisch zu mitsamt den Beweisen, die er verbarg, und verhüllte im Salon den Kamin und der Ordnung halber auch all die anderen Dinge, obwohl es ja eigentlich Willems Idee gewesen war, die Vergangenheit weiß zu machen.

Da warten sie, da hängen sie in der Bibliothek, die hellen Tücher der vogelköpfigen Mutter Suhr, die dem dunklen Raum etwas Buttriges verleihen. Gwendolin reißt die großen Fenster auf und lässt Gartenluft in den Raum wehen, dass sich die Laken heben, ganz langsam wird es warm, es wird Sommer hier im Zimmer. Willem hatte damals allen Ernstes geglaubt, ein gutes Versteck für den Bibliotheksschlüssel gefunden zu haben, in einem alten Krug in der Küche, weit oben auf dem Buffet. Für ihn war die Sache damit erledigt gewesen.

Gwendolin streicht über eine der weißen Stoffbahnen, die sie nach Willems Tod nicht entfernt hatte, so wie sie auch alle anderen Laken auf den Möbeln ließ. Zuerst, weil sie Wichtigeres zu tun hatte, später, um die Regale vor Thea zu schützen. Als könnte man irgendetwas vor ihr bewahren.

Heute Morgen nach Krischans Klingeln hat Thea die Alarmanlage ausgeschaltet und den ungeliebten Strauchdieb viele Minuten später widerwillig ins Haus gelassen; wie ein Hund hat sie ihn umtänzelt, um ihm wie aus Versehen den Weg zu versperren, aber Krischan hat sich nicht darum gekümmert. Drei- oder viermal hat Thea seitdem in einem der Türrahmen gestanden und kopfschüttelnd etwas gezischt, dann ist sie erhobenen Hauptes davongestampft.

Krischan steht jetzt unschlüssig neben Gwendolin, schweigt noch eine Weile und fragt dann:

Sollen wir sie runterreißen?

Ja, runter mit ihnen. Fang schon einmal an, ich ruhe mich noch kurz aus.

Gwendolin sitzt im Sessel, das zusammengeknüllte Betttuch zu ihren Füßen, und sieht Krischan dabei zu, wie er mit einer Zange die Nägel aus dem Regal zieht, die die Laken jahrelang gehalten haben. Willem hatte sich damals in der Bibliothek eingeschlossen, hatte sie sogar eigenhändig ins Holz geschlagen.

Bei jedem der rostigen Nägel stöhnt Krischan, er schwitzt und wischt sich wieder und wieder mit der Schulter die Tropfen von der Stirn. Gwendolin schließt die Augen, der Geruch hier, eine Mischung aus Sommer und altem Papier, sie mag die Schwere auf ihrer Stirn und die Geräusche, die Krischan macht, und –

Als sie die Augen später wieder öffnet, sieht sie als Erstes Göring, *Werk und Mensch*, sieht sie all die anderen Bücher, die jetzt von ihren Leichentüchern befreit sind. Die Regale bersten vor Büchern, eine halbe Reihe Karl May rechts unten, Frank-Heller-Kriminalromane irgendwo, sogar *Vom Winde verweht*, und so viele Kriege und Heldentode und Ärzte, so viele Soldaten und Mütter und Hitlerjungen, alle alt und tot. Gwendolin erhebt sich aus dem Sessel und Krischan steht ihr bei, eben noch an den Regalen, hilft er ihr jetzt auf und flüstert, als sie leicht einknickt:

Ich lass dich nicht los. Komm.

Unter ihren Füßen knistert das alte Parkett, sie

nähern sich dem T, Tremel-Eggert, *Barb: Der Roman einer deutschen Frau*, und Gwendolin nimmt das Buch aus dem Regal und alles, was links und rechts neben der deutschen Frau ausgeharrt hat, mehr und mehr Bücher räumt sie aus dem Fach und reicht sie Krischan, der sie viel zu vorsichtig auf den Boden legt, so als hätten sie es verdient, er nimmt die Bücher so lange heraus, bis das ganze Brett leer ist.

Aber das ist es ja. Das ist es ja die ganze Zeit gewesen. Das Regalbrett ist nicht leer.

Hinten hat all die Jahre eine zweite Reihe gewartet, überall, in allen Regalen, haben sich diese Bücher verborgen, sind immer mehr geworden. Und als Krischan mit seiner Arbeit fortfahren und auch die versteckten Bücher ausräumen will, als er bei Tucholsky beginnt und draußen ein Wind durch die Gartenbirke fährt und die Birkenblätter Geräusche machen, für die es keine Worte gibt, ruft Gwendolin:

Krischan, nein. Dann hält sie sich am Regal fest, schließt die Augen, öffnet sie wieder und sagt: Das ist die Bibliothek meines Vaters.

Schon früh hatte sie begonnen, die Bücher des Vaters zurückzukaufen, die einmal und die zweimal verbrannten, sie fing damit an, nachdem sie bei Hanne ein Buch von Stefan Zweig entdeckt hatte, eine Neuauflage, der Titel kam ihr bekannt vor. Zu Hause sah sie in ihren Heften nach, die sie damals im Bündel von Wilmersdorf in Willems Städtchen befördert hatte, zusammen mit den Briefen ihres Vaters, und seither war sie Hannes beste Kundin gewesen.

Hanne fragte nicht oft. Hanne fragte nur manchmal. Sanzara, sagst du? Nie gehört.

Gwendolin will ihr endlich erzählen, was das für Bücher waren all die Jahre und Jahrzehnte, sie will ihr vieles sagen, womöglich alles, vielleicht in ein paar Tagen. Aber im Moment hat sie noch zu tun, jetzt, hier, und Krischan ist längst vor das A getreten und räumt den ranzig gewordenen Buchbesitz von Johann Suhr und seiner Frau aus dem Regal, geschäftig und trotzdem so, als wären diese Bücher etwas Gutartiges.

Sie selbst kommt nur langsam voran, sie liest und blättert, streichelt ein paar Sätze, geht zwischen den Ordnungsbuchstaben des Regals hin und her und seufzt ab und zu, ruft: Krischan, ach! Ihr kommt in den Sinn, wie vortrefflich diese Bücher hier die ganze Zeit bewacht waren, beschützt von der Bibliothek des alten Suhr und weggeschlossen mit einem rostigen, aber gut funktionierenden Schlüssel, versteckt in einem Raum, der auch für den Jungen ausdrücklich verboten gewesen war.

Jetzt die Leiter, jetzt die Frage, ob sich noch zwei, drei Sprossen schaffen lassen, wie früher. Und es geht, mit ihren alten Knien schafft Gwendolin sogar vier, schafft den Weg bis zum Z, das erstaunlich weit oben ist, weil darunter noch die Lexika stehen. Sie zieht zwei

Bücher heraus: Zischka, Zöberlein, legt sie auf einer Leiterstufe ab und greift nach hinten ins Regal. Sie zieht ein hellbraun vergangenes Büchlein heraus, so groß wie eine erwachsene Hand und erstanden, als der Junge fünf Jahre alt war, Oscar Wilde, *Bunbury, Komödie*, Gwendolin erinnert sich noch gut an diesen Kauf. Sie schlägt das Buch auf, riecht sein jahrzehntelanges Verstecktsein, blättert und liest, und da ist etwas, das sie jetzt zum ersten Mal sieht, mit blauem Kugelschreiber eingekreist, Gwendolen, das *e* ausgestrichen und ein *i* dazugekritzelt, sie findet diese Korrekturen an fünf Stellen, *Gwendolen, Gwendolin*, und ganz hinten steht, in einer wilden, unleserlichen Jungenschrift: *Schmalz!*

Sie hält sich mit der linken Hand an der Leiter fest und weiß es wieder, erinnert sich daran, wie sehr der Junge ihren Namen mochte und seinen eigenen nicht, so wie Willem, der es nie verwinden konnte, dass sie den Namen des Kindes selbst festgelegt und dem Amt überbracht hatte, während Willem einen nachgeburtlichen Rausch ausschlief, und es stimmte schon: Das Versteck des Schlüssels zur Bibliothek hätte schlechter nicht sein können.

Sie kann Krischan hören, der halblaut in einem Buch liest, und Theas Schritte, die sich der Bibliothek nähern. Gwendolin führt das Büchlein zur Wange, hält es eine kurze Weile so, stellt es zurück ins Regal und merkt, dass Thea angekommen ist und im Türrahmen steht.

Gwendolin ahnt, wie rastlos die andere ist, am Samstag endet die Frist. Sie hat im Vorübergehen zwei Kartons in Theas Zimmer gesehen, groß und leer, daneben einen Koffer, und gewiss, Thea wird am Samstag ausziehen.

Die, die im Türrahmen steht, keift jetzt:

Ich werde nicht ausziehen, das will ich hier klarstellen.

Gwendolin dreht sich nicht um.

Und lass dir bloß nichts einfallen, fügt Thea hinzu. Ich warne dich.

Mir fällt nur ein, dass ich am Samstag Besuch bekomme, sagt Gwendolin leise, aber mit einer Stimme, die so fest ist wie ein gültiger Händedruck, es fühlt sich gut an und sie dreht Thea weiterhin den Rücken zu.

Unsinn, Schätzchen. Seit ich hier wohne, hat dich keiner besucht.

Dann fängt es jetzt an.

Thea stößt ein hohes Lachen aus, das überlegen klingen soll, doch etwas Verlorenes hat. Dann fängt sie an, Gwendolin zu beschimpfen, aber die Gescholtene betrachtet die Buchrücken und denkt: Es berührt mich nicht. Die Vaterbücher beschützen mich, die Jungenworte an den Rändern. Und vieles fällt ihr ein, während Thea schräg hinter ihr so weitermacht: wie sie sich früher in solchen Momenten geschämt hat, weil man so etwas mit ihr machen durfte, *weil sie so etwas zuließ*, und wie sie ihre Traurigkeit abschütteln wollte ein Leben lang und dass das jetzt, auf dieser wackligen

Leiter, zum ersten Mal nicht mehr so ist, weil sie weiß, dass sie diese Traurigkeit durchbringen wird wie ein schwieriges, geliebtes Kind.

Sie nimmt die zwei Bücher von der Leiterstufe und wirft sie mit aller Kraft nach unten auf das Parkett, lässt sie Thea ins Wort fallen:
      Zischka,
       Zöberlein,
und so laut kommen sie unten an, dass Krischan vor Schreck sein Buch fallen lässt, dann wird es sogar noch lauter, Gwendolin wird noch lauter, und zum ersten Mal im Leben fühlt sie sich die Stimme auskosten, die ihr gegeben wurde und die noch funktioniert. Obwohl ihr Nacken schmerzt, dreht sie den Kopf zu Thea und ruft so vernehmlich, wie es ihre Kehle nur zulässt:

 Am Samstag bekomme ich Besuch. Und merk dir das: Ich habe keine Schuld. Auch wenn du mir das immer einreden willst, ich hatte keine Schuld damals, das versteh ich jetzt langsam, nur Willem hatte Schuld, das musst du doch gewusst haben, du warst alt genug. Du willst mir etwas verraten? Lass es. Und jetzt geh bitte raus hier. Du hattest deine Rache. Klöpsken.

43

Gwendolin sitzt wach in ihrem Zimmer und hat kein Auge zugetan die ganze Nacht, lange, drei, vier Stunden, ist sie oben in der Bibliothek gewesen und hat bei trübem Licht gelesen, was der Junge in die nachgekauften Vaterbücher geschrieben hat, an den Rand oder ganz klein zwischen die Zeilen, ganz oben auf der Seite oder unten rechts, mit Bleistift oder Kugelschreiber in seiner schönen ruppigen Schrift.

Wenn Willem noch lebte, er könnte sich nicht entscheiden, was ihm mehr missfiele: das Mägdelein, das sein Verbot nicht befolgt, oder die Unordnung, die oben in der Bibliothek herrscht. Das Parkett ist mit aussortierten Bücherstapeln bedeckt, vielen verirrten und einigen harmlosen Schriften, für die Gwendolin später noch einen Platz finden würde, weit weg von ihr und

Pirasol. Ihr gefällt dieses Durcheinander, es zeigt ihr, dass sich etwas tut.

Jahrelang muss der Junge oben bei den Büchern gewesen sein, versteckt vor Willem und sogar vor ihr; vielleicht hat er im Sessel gesessen oder einfach nur an einem der Regale gelehnt und von dort aus Theaterstücke kommentiert oder Ausrufezeichen hinter Autorennamen gemalt, Hesse, Roth und Zweig, er hat die einen Bücher gemocht und in die anderen *Großer Mist!* an den Rand geschrieben oder *Zeitverschwendung*, und insgesamt war das etwas sehr Gutes: den Jungen zu lesen, wach zu sein und nachweislich am Leben.

Nach den Büchern hatte sich Gwendolin auf ihre Nachtkrücke gestützt und die in Öl gemalten Suhrs passiert, Johann Suhr und sein eigenes Mägdelein, zwei zornige, schlaflose Geister. Fast eine Viertelstunde brauchte sie für den kurzen Weg in den zweiten Stock, und als sie endlich oben angekommen war, lehnte sie sich kurz an die erstbeste, an die beste Tür. Dann zog sie den Schlüssel aus der Strickjackentasche, schloss mit zwei hastigen Umdrehungen auf und drückte mit aller Kraft gegen die Tür. Sie klemmte ein wenig, sicher hatte sie sich über die Jahre verzogen.

Dann stand Gwendolin im Zimmer. Wie früher, als der Junge aus Willems Augenfängen entkommen war und starr am Schreibtisch saß, stand sie in dem Raum, vor dem sie sich so lange gefürchtet hatte, und klein war er, winzig, ein Kämmerchen nur mit niedriger

Decke und Schimmelfladen oben rechts, die Luft roch faul und war schwer, Möbel unterm Lakenweiß, ein schmutziger Läufer, Mondlicht.

Gwendolin drückte auf den alten Lichtschalter, ging dann nach hinten, hielt sich dabei an den Möbeln fest, öffnete das Fenster und konnte sie schlagartig riechen, die Rosen von Pirasol, die dank Krischan dageblieben und sogar noch kräftiger waren als früher. Der Duft hatte nichts Friedliches, es war ein Duft, der gegen alles ankämpfte, was es sonst noch im Garten gab, und als die Rosen und die Nacht gerochen waren, holte Gwendolin das Jungenzimmer zurück.

Alle Laken zog sie einzeln herunter, vom Schreibtisch und von den Schränken, vom Papierkorb und einem alten Kleiderhaufen, von der Ledertasche und vom Regal, von zwei ungeputzten Stiefeln und einer karierten Federmappe und einem Teller mit einer siechen grauen Speise. Selbst an den Wänden hingen staubige Laken, mit alten Nägeln befestigt, und Gwendolin ließ sie hustend frei, all die Poster und Bilder und sogar den kleinen Zettel, der mit Heftpflaster an der Wand hing, zwei Zeilen, grau auf kariertem Papier, *Wenn die Nacht am tiefsten ist, ist der Tag am nächsten,* und noch schlimmer und schöner war der tadellos gefaltete Schlafanzug, grau und blau, neunzehnhundertneunundsiebzig, und Gwendolin würgte, würgte, atmete, atmete nicht, ließ ihr Herz schlagen und die Tür des Jungen später weit geöffnet.

Jetzt sitzt sie in ihrem Zimmer und im Licht, es ist hell hier seit der fünften Stunde. Gleich wird Krischan klingeln draußen am Gartentor und später der Lieferdienst der Metzgerei Terhoeven. Ihre Gäste würden es ihr verzeihen, dass sie das Frühstück nicht selbst zubereitet und alles übers Telefon bestellt hat.

Der Tisch drüben im Salon ist noch nicht gedeckt, aber Krischan wird ihr dabei helfen und Teller und Tassen hinstellen: für Hanne und ihren Mann, für deren Töchter und Enkel und natürlich für ihn und für Gwendolin selbst. Sie erhebt sich vom Stuhl, das Aufstehen fällt ihr leichter als sonst, behäbig geht sie aus dem Raum und dann nach links der schweren Haustür entgegen, aber nicht weiter als bis zu der kleinen Treppe, die nach unten in die Eingangshalle führt.

Der Bereich ist doppelt geschützt, durch Theas Alarmanlage und dann auch noch durch den Bärtigen am Kreuz, den Gwendolin sofort nach Willems Tod hatte abhängen lassen. Zwei Tage nach Theas Einzug hing der Hölzerne dann trotzdem wieder dort und sah so unglücklich aus wie zuvor. Die neue Bewohnerin von Pirasol hatte ihn im Keller gefunden und mitsamt dem Kreuz und einem Befehl Krischan in die Arme gelegt.

Gwendolin wusste es sofort, alles war klar in diesem Moment. Gewiss, Thea hätte dreimal in Klöpsken hineingepasst, und auch ihr Gesicht sah anders aus als früher, wissender, verbitterter, hart. Sie trug sogar einen anderen Nachnamen als früher die Hauswirtschafterin. Aber Gwendolin begriff es sofort. In einer kurzen, kalten Welle verstand sie, wen sie sich ins Haus geholt hatte, obwohl sie dann doch nicht ahnte, *was* ihr bevorstand, und als der Hölzerne nach fünfjährigem Aufenthalt im Keller wieder an seinem angestammten Platz hing, als wäre er in keiner Sekunde weg gewesen, da war alles zu spät.

Sie sieht ihn an, fühlt etwas Gutes, fast Zärtliches und weiß schon jetzt, dass sie ihn da oben lassen wird, obwohl sie sich das anders vorgestellt hat, all die Jahre mit Thea. Und möglich, dass der wunde hölzerne Sohn am Ende doch noch lächelt oder etwas Zuversichtliches in die Augen bekommt, dass er –

Sie erschrickt. Die Klingel, alt und schrill. Krischan. Sie müsste die fünf Treppenstufen nach unten gehen und ein paar Schritte weiter, dann könnte sie die Tür öffnen, ein Leichtes wäre das. Aber die Alarmanlage ist noch scharfgestellt, ein paar Zentimeter, ein halber Schritt, und der Lärm würde losgehen, einer, der in den Ohren schmerzt, so hat Thea es gesagt.

Ein Schritt nur, einer. Nichts weiter als ein einziger Schritt. Und dann tut sie diesen Schritt, dann geht sie wirklich, der beißende Lärm setzt ein, es ist ihr erster eigener Lärm, der erste, den sie je zustande gebracht hat, ein hingestreckter Ton, der gellt und heult und sticht, der ein Teil von ihr ist, von ihr und Pirasol. Zwei, drei, vier Stufen lang lärmt sie die Treppe hinab, wie einen Schleier zieht sie das Kreischen hinter sich her bis zur Tür und draußen dann die andere Treppe hinunter und in den Garten hinaus, sie geht auf Krischan zu und übertönt den Morgen und die Amseln, sie übertönt ihr eigenes Leben und kann sich doch zum ersten Mal hören.

Als sie zu zweit ins Haus kommen, stampft Thea aus ihrem Zimmer heraus, atmet wütend aus und stellt den Alarm ab. Erst da scheint sie Krischan zu sehen, sie mustert ihn kurz und deutet ihr hohes Lachen an, eine versehentliche Imitation des Alarmanlagengeräuschs, dann verschwindet sie wieder in ihrem Zimmer und knallt die Tür hinter sich zu.

Gwendolin und Krischan sehen sich an, schütteln den Kopf, sie sagt zu ihm:

Ich habe noch etwas zu erledigen. Eine kleine Weile lang. Kommst du allein zurecht?

Krischan nickt und macht sich pfeifend an die Arbeit, und Gwendolin steigt die Kellertreppe hinab, legt nach jeder Stufe eine Pause ein und kommt trotzdem irgendwann unten im Waschkeller an. Von der Leine zupft sie einen roten Pullover, legt ihn notdürftig zusammen, hält ihn in der linken Hand und geht zum Kämmerchen. Mit der rechten Hand streicht sie über dessen raue Tür, dann fischt sie den Schlüssel aus dem Klammerkorb und schließt auf, geht in den kleinen Raum und fährt mit dem Finger über die fast leeren Regale, in denen jetzt nur noch eine Schatulle aus Blech steht. Auf dem kleinen Klapptisch liegt der Koffer aus Zeeland. Gwendolin hat ihn jahrelang gepackt, er ist voll von Theas Wutanfällen, von ihren Rachefeldzügen und falschen Freundlichkeiten, von ihrem Keifen und ihrem Schweigen. Sie klappt die quietschenden Scharniere und dann den Deckel hoch, legt den roten Pullover auf all die anderen verlorengegangenen Kleidungsstücke und quetscht noch einen Umschlag mit Scheinen dazwischen, für die Küche und alles andere, das mit Theas Preisschildern beklebt ist. Dann schließt sie den Koffer, nimmt die Schatulle aus dem Regal, das Kästchen mit den Zeilen aus Oranienburg-bei-Berlin und dem Brief aus dem schwarzen Klavier und dem einen, am wenigsten vergilbten, der ganz oben liegt. Sie nimmt ihn heraus und steckt ihn in ihre Strickjackentasche, siebzehn Jahre hat sie ihn nicht mehr gelesen, vielleicht ist es an der Zeit.

Gwendolin hätte Krischan um Hilfe bitten können, aber den Koffer will sie selbst nach oben tragen, ein Dutzend Jahre hat sie davon geträumt. Nur *wie* sie ihn halten und überhaupt hochheben soll, das haben ihr die Träume verschwiegen, in ihrer Vorstellung war alles leicht, auch das Gepäck.

Sie hat es sich erhaben ausgemalt: wie sie den Koffer die Treppe hinaufträgt, mit geradem Rücken und leisem Atem. Aber viel Würde ist nicht mit im Spiel, als sie den Koffer nach oben zerrt. Sie keucht, bleibt alle paar Sekunden stehen, zieht sich mit der linken Hand am Geländer hoch und lässt sich rechts von ihrem schweren Gepäck nach unten ziehen, sie denkt dabei an den Jungen, wie er damals den Koffer die Treppe zur Villa hinaufschleppte, so schnaufend wie sie jetzt. Es hilft ihr, dieses alte und traurige und geliebte Bild, es schiebt sie weiter und weiter hinauf, und sie fragt sich, wie viel Zeit vergangen ist und ob Krischan die Gäste ins Haus gelassen hat.

Als Gwendolin oben ankommt und den Koffer abstellt, hört sie Theas Stimme aus dem Salon. Sie hält eine Rede und wechselt ständig zwischen zornigen und falsch versöhnlichen Passagen, wahrscheinlich dirigiert sie dabei wild fuchtelnd mit den Armen. Salbungsvoll verkündet sie, wie sehr sie unter Gwendolin gelitten habe, doch niemand scheint ihr zuzustimmen, denn Thea wird lauter, klingt immer unerhörter.

Gwendolin bückt sich, nimmt den Koffer wieder auf und bewegt sich auf den Salon zu, dann betritt sie den Raum, den sie so lange gemieden hat, und fühlt gleich, dass er heil ist, der Salon hat sich zum Guten gewendet. Alle sitzen um den langen Tisch, alle, auf die sie sich gefreut hat. Die glatten, kalten Thea-Worte perlen an ihnen ab, nur Hannes Enkel schauen ab und zu erstaunt auf.

Wie eine, die Abschied nimmt, steht Gwendolin mit dem braunen Koffer da und nimmt doch nur ihren

Anfang hier. Im Raum riecht es nach Eiern und Speck, sie sieht Schinken und Trauben und Erdbeeren, Erdbeeren!, jemand muss Orangen ausgepresst haben, sogar Kuchen ist da, sicher hat ihn Hanne mitgebracht, und mehr braucht Gwendolin nicht.

Dann geht sie auf Thea zu, die neben dem Kamin steht, und endlich ist doch Würde im Spiel, Gwendolin bewegt sich so, wie es sich gehört, fast aufrecht, fast wie ein ganzer Mensch.

Die andere verstummt mitten im Satz, sieht kurz erschrocken aus, aber fängt sich wieder, ihr Blick wird herablassend, stumpf. Gwendolin sieht Thea ein paar Sekunden an, stellt dann den Koffer vor ihr ab und geht zu einem freien Platz am Tisch.

Als sie sich setzt, stampft Thea hinaus aus dem Salon. Gwendolin sieht, dass Krischan ein weiteres Gedeck auf den Tisch gestellt hat, vielleicht für den Jungen, sie sieht, wie Hanne für einen ihrer Enkel Milch einschenkt, im Kamin gibt es kein Feuer und keine Tapetentiere, und weit sind die Fenster geöffnet, sogar das Gitter lässt sich übersehen, *ja*, sagt sie zu einer von Hannes Töchtern, gern, ich hätte gern einen Tee, und sie hat ein bisschen Angst vor dem, was kommt in der Zeit ohne Thea, sie weiß, man kann sich auch an sein Unglück gewöhnen, mehr als an alles andere. Aber dann sieht sie den Dampf aus ihrer Tasse aufsteigen, schaut in die Runde und sagt laut:

Jetzt bin ich da. Ich finde, es kann losgehen.

44

Die anderen sind noch im Salon, nur zwei von Hannes Enkeln rennen lauthals durch den Garten. Männer steigen aus einem Kleintransporter, zwei überdrüssige Söhne, die gekommen sind, um Thea beim Umzug zu helfen. Gwendolin sitzt auf der obersten Stufe der Treppe, direkt unter dem in Stein gemeißelten Namenszug PIRASOL, und tut das, was sie drinnen als Entschuldigung vorgebracht hat, *nur kurz Luft schnappen, ganz kurz nur, und lasst mir ein paar Erdbeeren übrig.* Die Treppe hat Moos angesetzt, das ganze Haus hat Grau angesetzt, es müsste einiges gemacht werden. Hart und kühl sind die Stufen, aber das stört sie nicht, sie bleibt einfach sitzen, und nirgends ein Wind in den Birkenblättern, die Luft ist lahm und rosenwarm.

Gwendolin schaut in den Garten und dann nirgendwohin, man kann vieles erkennen mit geschlossenen Augen: einen schmalen Mann, der mit steifem Bein so energisch zur Elektrischen rennt, dass es wie Hopsen aussieht, eine Frau ohne Wasserwellen, die noch einmal zurückkommt und einen rauen Stirnkuss hinterlässt, bevor sie in ihre letzte Bombennacht hinaustritt, Hermann, kann man denken, Hermann und Irmchen, und wie viel den beiden zu verdanken ist, dreizehn gute Jahre, für immer, man kann die taubengrauen Schwestern Piwak schwärmen hören von Kleckermus und Nikolaschka und endlich auch begreifen, dass Frau Liddys Sommerschweiß nach Heu und Chlor und Pampelmuse riecht, man kann sie um das Fotoalbum beneiden, nach dem man sich ein Leben lang gesehnt hat, jeden Tag aufs Neue, und düster rascheln die weitgefassten Kleider von Adelinde Häussermann, *zum Teufel!*, ruft Jacken-Karl und lacht sich verwundert die Seele aus dem Leib, nein, die Träume sind noch nicht vorbei, aber sie kommen jetzt seltener, diese lodernden, flackernden Träume, und ein Zettel in einem Umschlag in einem Seesack im Herbst: *Hier, nimm etwas Geld von mir, Hermann, ich brauch es nicht zurück, ich brauche dich zurück, irgendwann,* und übermorgen, da kommt einer von Holtkamp-Elektronik und baut endlich die Alarmanlage ab, sieben Uhr dreißig, sie wird früh aufstehen müssen.

Gwendolin sitzt auf der Treppe, sie blinzelt, öffnet

die Augen. Aus ihrer Strickjackentasche holt sie das Kuvert mit der nachlässigen Schrift und der Briefmarke, *50 Jahre Marshallplan*, ein Herr mit Brille, Marshall. Sie zieht eine vollgeschriebene Seite aus dem Umschlag, Duisburg, neunzehnhundertsiebenundneunzig, sie hat sie das letzte Mal auf dem Friedhof gelesen, auf einer klammen und ungepflegten Bank im Nieselregen, hat auf die Schrift gestarrt, die wüsten Buchstaben, die alles veränderten an jenem Nachmittag im frühen und doch schon so herbstlichen September.

Jetzt starrt sie wieder auf die Schrift und auf das, was die Worte bedeuten, was immer noch mit ihnen gemeint sein muss. Die Schrift ist tosend und ähnelt der des Sohnes trotzdem kein bisschen: *Liebe Frau Suhr, es ist Zufall, dass ich Sie gefunden habe*, ein Artikel über rheinische Papierfabriken, eine Zeile über Kantinenbrände, damals erst erschienen und vom Absender in einem Journal entdeckt, der reinste Zufall. Sie liest den Brief, obwohl sie weiß, was drinsteht: Duisburg, das besetzte Haus und der junge Ankömmling, der offenbar einen falschen Namen benutzte, *er war anders als wir alle, der Ordentlichste und Stillste von uns, Hilfsarbeiter oben in Walsum*, ein Freund in einer unruhigen Zeit, und Gwendolin nickt, dann liest sie weiter: dass genau dieser Ankömmling von seinem Vater erzählt habe, von der Fabrik und dem Feuer, aber eben unter einem anderen Namen, einer anderen Stadt, und niemand sei darauf gekommen, wohin der Brief zu schicken war im Sommer dreiundachtzig. Die traurige Nachricht.

Sie denkt an jenen Sommer, den sie in Zeeland verbracht hat, sie kommen ihr alle in den Sinn, diese windigen warmen Zeiten dort, in denen sie Jahr für Jahr auf Hermann wartete, sie kann spüren, wie nah Duisburg ist, ein lächerlicher Klacks, keine zwei Stunden von hier.

Gwendolin legt den Briefbogen auf ihre Oberschenkel, streicht ihn glatt. Der Unfall sei für alle im Haus ein Schock gewesen, die Schuld habe beim Straßenbahnführer gelegen, der selbst ein armer Kerl war, vor allem nach dem Zusammenstoß, ohne Zweifel. Sie liest den ganzen elenden Brief jetzt doch noch mal, liest *Ordnungsamt*, liest *anonyme Bestattung*, dann zieht sie einen vergilbten Zeitungsartikel aus dem Umschlag und ein paar Wörter fallen sie zum zweiten Mal an: *Anscheinsbeweis* und *beim Überqueren der Gleise* und *drei Stunden lang gesperrt*, ein verschwommenes Foto von einem Krankenwagen, ein längst vergangener Tag. Sie hat eine Weile gebraucht, um zu verstehen, was gemeint war. Sie hat sich wirklich Zeit gelassen. Siebzehn Jahre.

Und nun kommt Thea aus dem Haus und trägt eine welke Grünpflanze zum Transporter, ohne Blick und gellenden Zorn. Gwendolin sieht ihren Kindskörper von hinten, die knochigen Schultern und mageren Beine, und fühlt so etwas wie Dankbarkeit – dafür, dass sie ihr den Sohn zurückgebracht hat mit ihrer ganzen Angst, und dafür, dass er jetzt endlich aufbrechen darf, dass sie ihn gehen lassen kann, vielleicht sogar nach São Paulo. Hermes Ernesto Pirasol nähme ihn froh und rettend und höchstpersönlich in Empfang.

Hinter ihr die Tür. Schritte, Krischans Schritte. Sein Atem so schwer wie das Eingangsholz. Umständlich setzt er sich neben sie und kratzt sich am Unterarm, seine Schuhspitzen auf der Stufe sind reglos zueinandergeneigt. Gwendolin sieht ihn an und stopft Kuvert und Papier zurück in die Strickjackentasche, sie weiß, *der Herr hat's genommen, der Herr hat's genommen*, nichts anderes als das.

Da sitzen sie, sitzen auf dem trüben Treppenflaum von Pirasol und schweigen lange: Wortlos sein, geheim sein, gar nichts sagen, das kann sie mit Hanne und mit Krischan. Dann, nach einer Weile, steht sie langsam auf. Sie fühlt ihren Steiß, zieht sich in schnaufenden Etappen am Geländer hoch und merkt, dass Krischan sich ebenfalls erhebt und zum Eingang geht, seine Wucht und sein fehlendes Zaudern, ein feiner Wind jetzt, der ihr das Haar ordnet, ein Duft von etwas, das nicht schmerzt. Krischan steht da, hält ihr die Tür auf, und Gwendolin tut einen Schritt und dann noch einen und noch einen, mehr braucht sie nicht, um wieder im Haus zu sein.

»Preiwuß' Sprache ist präzise und von großer Schönheit.«

Bücher, Elisabeth Dietz

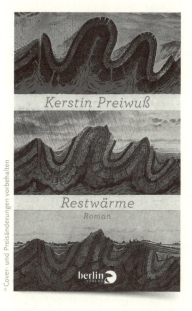

Hier reinlesen!

Kerstin Preiwuß

Restwärme

Roman

Berlin Verlag, 224 Seiten
€ 18,99 [D], € 19,60 [A]*
ISBN 978-3-8270-1231-9

Mariannes Vater ist gestorben. Die junge Geologin kehrt dahin zurück, wo Mutter und Bruder noch leben, in ein altes Haus am See, tief in der mecklenburgischen Provinz. Nur ein paar Tage will sie bleiben, doch was sie glaubte, lange hinter sich gelassen zu haben, holt sie wieder ein. Eine Familiengeschichte voller stummer Tragödien. Schicht um Schicht trägt Marianne ab. Kerstin Preiwuß erzählt von Verletzungen, die Generationen überdauern – sprachmächtig, klug und mit nachhallenden Bildern.

Leseproben, E-Books und mehr unter www.berlinverlag.de

»Ein Roman zum Niederknien.« Deutschlandfunk

Husch Josten

Land sehen

Roman

Berlin Verlag, 240 Seiten
€ 20,00 [D], € 20,60 [A]*
ISBN 978-3-8270-1379-8

Mit der Welt und sich im Reinen, sieht Horand Roth sich eines Tages seinem Onkel gegenüber, der Mönch geworden ist. Der Sinneswandel des Lebemanns bringt seine Überzeugungen ins Wanken, denn der unorthodoxe Pate und sein konservativer Orden passen beim besten Willen nicht zusammen. Klug, mitreißend und elegant verwebt Husch Josten die ungeheure Geschichte einer Familie mit profunden Fragen des Glaubens.

Leseproben, E-Books und mehr unter www.berlinverlag.de